AF488938

La sombra y otras historias del umbral

Marisol Salazar Valencia

Hampstead Heath Books

Copyright © 2021 by
Hampstead Heath Books
Bogota, Colombia
Visit our website at www.hampsteadheathbooks.com

Printed in Colombia

First Hampstead Heath Books edition, August 2021.
Editor and proofreader: Fernando Moret, Diana García, and David Jurok
Cover images by Thirdman and Jan Koetzier at Pexels.com

ATTENTION CORPORATIONS AND ORGANIZATIONS:

Hampstead Heath Books publications are available at quantity discounts with bulk purchase for educational, business, or sales promotional use. For information, please call or write:

Sales Department, Hampstead Heath Books

Info@hampsteadheathbooks.com

Para mi linda madre, por ser un pilar fundamental en mi vida.

A mi familia, les debo mucho de lo que soy.

Y a ella, por estar a mi lado para leerme. M.A.F

La sombra y otras historias del umbral

Marisol Salazar Valencia

LA SOMBRA

En una tarde de otoño Melissa caminaba por la calle Broadway, el viento soplaba y las hojas secas se desprendían de las copas de los árboles para caer suavemente sobre el césped, pero ella estaba tensa, pues pudo vislumbrar, a lo lejos, una sombra que salía de un callejón y se acercaba poco a poco a ella, sin embargo, cuando estuvo más cerca, esta desapareció, lo que la dejó aún más desorientada; intentó ignorar lo percibido atribuyéndolo al estrés que padecía por causa de su trabajo.

Esa noche, a Melissa le costó conciliar el sueño, pues no podía dejar de pensar en la sombra. En el fondo de su ser, sabía que lo que había visto era real, y que no era producto del estrés.

Sin poder vencer el insomnio, se dirigió a la cocina para beber un poco de agua. Con el vaso en la mano caminaba de regreso a su alcoba, y sintió su corazón acelerarse mientras el resto de su cuerpo se paralizaba. La sombra del callejón se acercaba lentamente hacia ella, moviendo sus brazos como si la llamara.

Melissa corrió hacia su cama y cubrió su cabeza con las sábanas, deseando con todas sus fuerzas que este momento no fuera real.

Al día siguiente Melissa se levantó más temprano de lo habitual. Tuvo una ardua jornada de trabajo y se alegró de llegar exhausta a casa en la noche.

Contempló su rostro lívido mientras cepillaba sus dientes. Sus ojeras y un par de canas eran las características más notorias de su aspecto. A sus cuarenta años no lograba superar su soledad.

Trabajaba como contadora en Manhattan desde hacía diez años, tras dejar Colombia, su tierra natal, en busca de mejores oportunidades. No tenía hijos, jamás quiso casarse, y su familia prácticamente ya la había olvidado.

Peinaba su largo cabello cuando notó una mancha que se movió justo detrás de ella, a través del espejo. Apoyó sus manos en el lavamanos, apretó los dientes y se aferró a su cordura. Miró nuevamente el espejo y no encontró nada irregular.

Así pasó una semana, un mes, un año. La sombra hizo nuevamente su aparición en una tarde de invierno. Melissa caminaba rumbo a su casa, distraída con las manos en los bolsillos de su gabán. Un pesado silencio inundaba la calle Broadway, que parecía estar congelada, desprovista de personas, vehículos o animales.

Aceleró el paso sólo para notar que el espectro grisáceo la seguía. El pisar de sus tacones hacía eco en el vacío. Caminó más y más aprisa hasta que empezó a correr. Dobló por la primera calle a la izquierda y entró en una cafetería.

—Buenas —dijo exaltada—. Deme un café, por favor.

Nadie respondió.

No había nadie en el interior de la cafetería.

Salió nuevamente a la calle para sentir los ojos del espectro, mirándola fijamente desde la acera del frente.

No pudo resistirlo más:

—¡Auxilio! ¡Auxilio! ¡Alguien que me ayude! —gritó con desesperación, pero no había nadie. Corrió entonces con tal desesperación que atravesó la avenida sin precaución.

El cuerpo inerte de Melissa quedó tendido en la calle tras ser arrollada por un camión de encomiendas.

La gente gritaba y murmuraba a su alrededor, y uno de los clientes de la cafetería decía:

—Creo que sufrió un ataque de pánico. Intentamos saber qué le pasaba, pero era como si no pudiera vernos.

ELLA

Ahí estaba ella mirándome fijamente, como siempre sin decir palabra, su rostro estaba más lívido que ayer. Parecía sumergida en un universo lejano, ausente y sublime, tan similar al mío.

—¿A qué has venido? —pregunté, pero Ella se limitaba a mirarme como si mi desgracia le trajese angustia y dolor, ¿por qué razón estaba simplemente frente a mí?, no hallaba motivo alguno por el cual hubiera atravesado este lugar desboronado por el tiempo y carcomido por la angustia de quienes debemos permanecer en él. Llevo aquí ocho años acompañada por el silencio inerte del espacio, una fachada que los transeúntes no se atreven a mirar. Cada rincón está habitado por una razón ausente, pasillos largos que conducen hacia ninguna parte, luces intermitentes que intentan persuadir una tiniebla casi total. Ninguna fobia es un juego, ni una tontería, nadie hubiese entendido la mía y quizá, mi vida habría optado por otro desenlace.

Tenía diecinueve años cuando llegué a este lugar. Nadie me dijo por qué razón debía permanecer aquí, simplemente irrumpieron en mi libertad manifestando que mi comportamiento resultaba nocivo para ellos.

—¡Creí que iban por ti! —grité dejando un rastro de saliva, al fin de cuentas era Ella la culpable de mis desgracias.

Fue Ella quien apareció en mi vida sin ser invitada y comenzó a seguirme a todos lados; intenté huir, pero la hallaba en cada esquina, frente a mi casa, en todos mis espacios. Recuerdo correr horrorizada cada vez que la veía importunarme, le imploraba que se alejara de mí, mas Ella hizo caso omiso de mis palabras y logró entrar en mi vida hallando estadía en mi habitación. Discutíamos todo el tiempo. Mi madre jamás me creyó.

Te quedaste paralizada mientras me arrastraban para traerme aquí, siempre tuviste el pensamiento negro, me dijiste que todo estaría bien, mentías, y ahora sigues frente a mí, dueña de ti misma, mientras yo me consumo en este claustro que succiona mi alma. Esta habitación se ha encargado de desgarrar mis entrañas, de absorber mis recuerdos, de enmarañar mi cuerpo con mapas indelebles. Los rostros que se pasean frente a mí me miran sin mirar; no oyen, pero recuerdan cada palabra que digo; no ven, pero son conscientes de la penumbra que tenemos en común; no sienten, pero cada noche sus lamentos apolillan mis oídos, tanto así, que hasta la muerte dejó su visita dominical.

Ella seguía mirándome fijamente sin hablar, Ella era quien debería ocupar mi lugar y padecer este aislamiento. No tiene idea de lo que significa querer salir y no encontrar más que una puerta tras otra, estar sometida a estas fíbulas en cada extremidad que me adhieren a este adoquín que ha llevado sobre sí el último suspiro vigoroso de quienes, como yo, anhelamos morir.

Ella parecía expandirse en la inmensidad de mis palabras, no admitía su culpa y tampoco había hecho nada por devolver mi voluntad.

Tan sólo a unos metros de distancia seguían paseándose los cuerpos antropomorfos vestidos como yorubas, siempre atentos, pensando que voy a agredirla, a morderla o aniquilarla, ¡qué más quisiera yo que acabar con esta pesadilla, con ella, conmigo, con este silencio lúgubre al que siempre Ella me somete!

Ahora la razón sale de mi mente y se propaga por el suelo intentando llegar a tan diminuta fisura bajo la puerta de hierro oxidada, al menos mi conciencia será libre, estará lejos de ti, no importa que abandone este cuerpo caquéctico y enfermo, sin ella dejaré de reconocerte, de identificarte. ¡Al fin me libraré de ti, abominable pared!

EL RELOJ

Habían pasado 46 horas desde que doña Clara se puso de pie por última vez de su silla. A su lado se apilaban pirámides de ropa, retazos, manteles, cortinas, trapos de diferentes colores y texturas. Solía coser, coser y coser sin parar.

La máquina que utilizaba había sido un regalo de sus hijos y aunque no se la dieron nueva, la conservaba intacta. Tenía la mesa de madera con una superficie cóncava, era el lugar donde debía guardarse la máquina después de usarse. Por debajo tenía un pedal alargado que, al pisarlo repetidamente, hacía girar la polea que permitía el movimiento de la aguja y a su vez, dejaba escapar un chirrido, un sonido agudo, continuado y desagradable.

Dejó caer las gafas como collar sobre sus ya flácidos senos, estiró los brazos por encima de la cabeza y caminó con dificultad hacia la cocina. Al fondo, el enorme reloj de madera tarareaba Primavera de Vivaldi, 4:00 am.

—¡Maldito reloj! —gritó Andrea desde la alcoba— ¡Mamá cuándo vas a botar ese ruidoso reloj!

Somnolienta y con el ceño fruncido, Andrea se levantó hacia la cocina con la intención de reprochar a su madre por el hecho de conservar tan antiquísimo y molesto objeto. Sin embargo, los ojos de doña Clara, enrojecidos por el insomnio y la fatiga, se clavaron como estacas sobre la joven que se congeló al instante.

Doña Clara revolvía con un dedo el vaso vacío que sostenía en sus manos.

—Pásame ese pijama. Yo te la coso —dijo la anciana mientras miraba a su hija con los brazos cruzados frente a ella.

—Mamá, por Dios, vamos a dormir ya, coser se te está volviendo una obsesión —contestó Andrea.

A regañadientes y casi obligada, la obesa mujer de 86 años, cabellos blancos y mirada distante, se dejó llevar del brazo hacia su cuarto.

—¡Maldito reloj!

Eran las 5:00 am. El trabajo de Andrea le exigía viajar a diferentes ciudades, después de cinco días de ausencia regresó a la casa donde vivía sola con su madre; le causaba angustia dejarla sola, pero Clarita, como le decían en su barrio, no permitía que nadie se le acercara salvo Andrea.

Abrió la puerta y lo primero que divisó al fondo del pasillo fue a la anciana cosiendo, siempre con la mirada fija en la prenda, con la bata larga sin sostén y sin enagua. El chillido ensordecedor de la máquina producía casi de inmediato, malestar y ansiedad en Andrea.

—¡Ma, ya llegué!

Descargó el equipaje en el suelo pues los asientos de la sala, la mesa, el comedor, las repisas y otros muebles, albergaban grandes cantidades de ropa y cajas de cartón encintadas y selladas. Trató de abrirse paso entre los objetos que conservaba su madre, los cuales, de hecho, había guardado Andrea en el desván antes de irse de viaje.

La anciana impávida intentaba controlar el temblor en su mano y pasar la punta del hilo por el ojo de la aguja.

—¿Por qué están todas estas cosas otra vez en la sala, ma?

Mojó la punta del hilo en su boca para un segundo intento de ensarte, la miró directo a los ojos sin levantar la cabeza y le dijo:

—Los tiempos del cólera han llegado, la vida misma se esfuma en cada respiro, y tú, hija mía, ¿cenaste?

Sin responder, Andrea cruzó el pequeño espacio que quedaba entre la cocina, la anciana y las escaleras con la intención de subir a su cuarto, pero su deseo fue deformado al hallar una gran cantidad de bolsas plásticas llenas de ropa en cada peldaño. Se tomó la cabeza con ambas manos para luego sobarse el tabique con dos de sus dedos.

El péndulo del enorme reloj en la sala era lo único que se escuchaba cuando doña Clara dormía, además de Las Cuatro Estaciones de Vivaldi cada hora en punto. Esa noche los sonidos emitidos desde la sala se mezclaban con los sueños de Andrea; dormir sin despertarse cada hora era casi una hazaña para ella.

Andrea observaba en el espejo cómo las dos enormes bolsas grisáceas bajo sus ojos eran cada vez más oscuras y profundas. Recordó rápidamente las labores del día en la oficina: entregar el informe a Santiago, revisar las estadísticas de marzo, pedirle el favor a Lorena de enviar las encomiendas a Medellín…

Después de ducharse abrió las puertas del closet con un solo impulso. Estaba vacío.

—¡Maaaaaaaaaa! ¿dónde está mi ropa?

Cuidando de no dejar caer la toalla que cubría su cuerpo, bajó rápidamente hasta la cocina.

Doña Clara había cosido una gran colcha de retazos con casi toda la ropa de Andrea. Cada prenda estaba unida a otra por el costado y se extendían por casi toda la sala cubriendo las cajas y bolsas que se amontonaban.

Histérica y mal vestida Andrea salió esa mañana rumbo a la oficina.

Doce horas más tarde y mucho más tranquila, Andrea entró a la casa. Observó el reloj, 10:15 pm.

—¡Maaaa! ¡Maaa! ¡Lo siento!

Por primera vez en años doña Clara no estaba cosiendo. Andrea se abrió paso con dificultad, observó su ropa aún en la sala y gritó nuevamente:

—¡Maaaa!

Buscó a la anciana por toda la casa, pero no la encontró. Presa de la angustia salió en busca de su madre; les preguntó a los vecinos, al señor de la esquina, al panadero, al vigilante de la cuadra. Nadie había visto salir a la anciana. Había desaparecido.

De regreso de la estación de la Policía, Andrea abrió la puerta de la casa con la ilusión de ver a su madre cosiendo, como siempre. El vació era aterrador y el silencio roto por el péndulo del reloj.

Avanzó unos pasos hacia la cocina, perseguida por un chirrido, un sonido agudo, continuado y desagradable, pero esta vez no era la máquina de coser la que lo emitía, era el reloj.

Anunciaba las 11:00 pm.

MI SINIESTRA

El sol brilla de manera excepcional, es una hermosa mañana para practicar lo que más me gusta. Reviso que mi equipo de ciclo montañismo esté completo: guantes, gafas de sol, maillot, licra de repuesto, espátula, botella de agua, tubo neumático e inflador. Falta algo importante… ¡El casco! A ver, me llevaré el amarillo esta vez.

Cada pedalazo libera el estrés que me genera la oficina y la rutina, disminuye poco a poco mi dolor de espalda, siento cómo la sangre circula por todo mi cuerpo, trabajo las articulaciones y lo mejor es que siento mis piernas y mis glúteos más firmes.

Me mudé a Boyacá hace dos años con la intención de estar cerca de El Lago de Tota, a sólo 15 kilómetros hacia el sur de Sogamoso.

La belleza del paisaje, el valor deportivo, histórico y cultural de este lugar me han enamorado.

Observo a mi alrededor mientras me desplazo por el costado derecho de la carretera, algo me golpea y me eleva con violencia, pierdo el control de mi bicicleta y de mi propio cuerpo, siento de inmediato que un ardor punzante inunda mi espalda, no sé qué pasa. Voy a estrellarme de cabeza contra el asfalto, intento cubrir mi rostro y caigo con vehemencia sobre mi mano izquierda, siento la carne desgarrarse de mi cuerpo con cada voltereta para quedar expandida sobre la calzada. ¡Dios mío! ¡Sangre! ¡Sangre por todos lados!

Me invade un sueño insoportable, tengo sed. Intento incorporarme, pero no puedo, el sol me da directo en la cara. Mi brazo izquierdo está casi amputado, lo siento bajo mi cuerpo, en mi espalda, fragmentos de mi carne como mermelada esparcida sobre la carretera.

Escucho los gritos de un hombre que se acerca a mí, veo su angustia y su gabán gris. Habla con desesperación por teléfono. No siento las piernas.

Parpadear me cuesta, intento quedarme despierto y luchar por mi vida, la gente me observa con terror, se cubren la boca cuando me ven, se aglomeran a observar cómo intento aferrarme a la vida.

Que cómo me llamo, pregunta el paramédico, mi mente grita Eusebio, pero no puedo emitir ningún sonido, me mojo los labios con la lengua y descubro mi boca llena de sangre. Me cuesta respirar.

Veo cómo van colocando mis extremidades de nuevo en su lugar. No me había percatado de la gravedad de las lesiones hasta entonces, como si mi sistema óseo me hubiese abandonado.

Sé que voy en una ambulancia porque escucho la sirena, mi visión se torna nebulosa, intento dormir, pero alguien me despierta introduciéndome un tubo en la garganta.

—*Quédate conmigo* —me dice. Recuerdo que esa era la frase que mi esposa repetía hace tiempo. ¡Pobre de ella y de mi hijo de apenas cuatro años! ¡No queda mucho de mí ahora!

No puedo más… tengo mucho sueño.

*

Abro con pesadez los ojos, veo a un hombre joven leyendo el periódico a un costado de mi cama, reconozco el lugar, los recuerdos de aquella mañana renacen. ¡Dios mío! ¡Estoy vivo!

El joven me mira directo a los ojos y grita, loco de alegría:

—¡Papá, papá!

¿Papá? Ese muchacho corpulento y con áspera barba está loco o más confundido que yo. Quiero que deje de abrazarme, pero no puedo moverme. Sólo quiero ver a mi pequeño y a mi amada esposa.

El personal médico me ayuda a sentarme. Todos a mi alrededor aplauden, se abrazan, y yo sigo sin entender hasta que veo las cicatrices de mi cuerpo, completamente sanas y entiendo que aquel joven es mi pequeño.

—¿Cuánto tiempo he estado aquí? —pregunto al enfermero.

—No importa don Eusebio. Ha regresado de la muerte.

*

Han pasado cuatro meses desde que salí del coma, me miro en el espejo, ¿quién es ese anciano? Mi esposa vive con otro hombre lejos de este país, mi hijo ya es padre y yo perdí la mitad de mi vida y la movilidad de mi mano izquierda. Abatido, solo y sin saber qué ha ocurrido durante tantos años, lloro frente al espejo sin poder reconocerme a mí mismo, ni si quiera a los objetos a mi alrededor. Todo es diferente a lo que hay registrado en mis recuerdos. Este no es mi hogar y el hombre a quien miro a los ojos, ese tampoco soy yo.

Me quedo cavilando sobre las cosas no vividas, el tiempo imposible de recuperar, no estuve al lado de la mujer que sigo amando. No puedo imaginar la carga en que me convertí para ella mientras estuve postrado y por eso no le reprocho el haberme dejado.

Me cuesta respirar. Sé que estar tanto tiempo acostado casi aplastó mis pulmones. Quizás hubiera sido mejor morir aquel día y no tener que lidiar ahora con la quiebra en la que dejé a mi familia, lo único que alivia mis penas es el sueño, ese hermano gemelo de la muerte que nos hace olvidarnos de la realidad y por ello me aseguro de ingerir una buena dosis de somníferos.

*

Despierto sobresaltado y sudoroso, algo me ahoga, intento respirar, ¡auxilio! Mi mano izquierda aprisiona mi garganta, la tomo con la derecha y la aparto de mí, ¡me ataca! Intenta arañarme, pero la detengo, no puedo controlarla, ¡está viva! Logro levantarme de la cama, corro hacia la cocina y observo que ella, colgada a mi siniestra, inerte va.

No estoy loco, ella me atacó, me repito una y otra vez.

—Respira Eusebio, no te desesperes —me digo a mi mismo intentando controlarme. Lo mejor es obligarme a creer que fue una pesadilla. Tal vez la medicación me produce estas alucinaciones.

Apoyo mi mano izquierda sobre la mesa, la observo estando de pie, intento moverla en vano, intento sentir algo con pequeños pellizcos. Nada resulta.

*

25

Han pasado un par de días y siento que empiezo a recobrar el control de mi vida, incluso estuve buscando la manera de comprar una bicicleta, será difícil aprender a montar usando solo una mano, pero lo lograré. Esa mañana me levanté decidido a salir a caminar por el centro y adaptarme al mundo que me tocó, pero el ataque vuelve a repetirse durante mi ducha matutina. Un golpe seco en el estómago me derriba, mi mano izquierda arremete sin piedad sobre mí, caigo de rodillas en la bañera y no sé cómo defenderme. Otro golpe en las costillas, el dolor es agudo e intenso, tomo aire, la atrapo con mi mano derecha y la someto bajo mis rodillas. La observo cómo forcejea para escapar de mi control.

Poco a poco la calma regresa y ella vuelve a su estado inerte. Tomo una toalla y salgo rápidamente del baño, opto por atarla a mi cintura con dos correas de cuero, tembloroso me pongo lo primero que encuentro. Salgo a buscar ayuda y la gente me observa al pasar mientras camino con dificultad hasta la casa de mi hijo, donde por fin me siento a salvo y le cuento lo sucedido.

Él, incrédulo, levanta mi camiseta y no dice una sola palabra; está molesto porque no lo he visitado, no comprende que es necesario que descanse de mí. Ahora vamos en su auto, pero no sé hacia dónde. Poco después, me encuentro frente a varios hombres con bata blanca que me escuchan con atención. Uno de ellos intenta quitarme las correas.

—¡No, me atacará! —insisto. Un segundo hombre interviene, luego un tercero, un cuarto. ¿Qué pasa? Examinan mi mano izquierda y una luz me enceguece, pero no entiendo lo que dicen. Mi hijo llora y me dice que es por mi bien.

Me sueltan las correas y siento que el tiempo se detiene, los segundos no avanzan, es una escena congelada en mi memoria. Me pesan los párpados, ahora estoy recostado en una camilla.

—Trata de descansar, papá.

Eso es lo último que escuché antes de ver con horror como cerraban la puerta de la habitación desde afuera.

—¡No me dejen solo con ella! ¡Esperen por favor!

Son segundos infernales. No necesito dormir, necesito salir de aquí. Me levanto con un intenso mareo, siento que una correa se enrosca en mi garganta y mi mano izquierda la hala con fuerza, intento gritar y buscar ayuda, mi mano derecha no puede detenerla; intento poner los dedos bajo el cuero para soltar un poco la fricción, es inútil, corro hacia la puerta, pero está con seguro. Me falta el aire. Forcejeo por toda la habitación, intento llamar la atención de alguien lanzando contra la pared lo que encuentro en la habitación. Mi mano izquierda está enrojecida de la fuerza que aplica y las venas infladas a punto de estallar, y lentamente dejo de respirar, no puedo más… tengo mucho sueño.

PERLA

No recuerdo con claridad el día que me internaron en este lugar. Todos pensaron que estaba demasiado viejo para vivir solo. A pesar del paso de los años conservo en el hipocampo de mi cerebro la historia de Marsha Rouse, la mujer cuya mente extraordinaria me permitió vivir hace más de cuarenta años, la más bella y oscura de mis pesadillas. Todo comenzó en Mursha, mi lugar natal, en vísperas de San Valentín. Tenía 19 años en aquel entonces y solía huir del bullicio de las celebraciones de mi pueblo, así que con libro en mano busqué un lugar cómodo para leer y evitar a mi enemiga principal, la cefalea.

Me hallaba sumergido dentro de una de las historias de Dupin cuando mi tranquilidad fue interrumpida por el lamento sollozante de una mujer que gritaba.

La gente salió de sus casas para socorrer a la mujer que llevaba un vestido negro que estaba rasgado.

—¡Mi hija, mi bella hija! ¡Ha muerto! ¡La han asesinado!

Cerré el libro con brusquedad para unirme a la multitud. Traté de escabullirme entre la gente, pero no podía verla, sólo escuchaba su quebrada voz taladrando mis oídos; la caterva siguió a la mujer como procesión católica mientras la entraban a una casa: ¡mi casa!

Al instante me encontré cerrando el portón y despidiendo a la multitud. Mi madre le había dado a la mujer un té de manzanilla, y esa fue la primera vez que nuestras miradas se encontraron. Mi hermana y yo nos sentamos frente a ella:

—Mi nombre es Marsha Rouse, hace pocos días me mudé con mi hija Perla a este pueblo —suspiró mientras su voz se quebraba de nuevo—. Yo jamás creí que esto iba a suceder.

—Tranquila Marsha, dinos qué pasó —dijo mi madre.

—Salí al mercado con la intención de comprar algo para una cena especial y cuando regresé a casa, mi bella Perla se hallaba inerte sobre el sofá, aparentemente se suicidó, ¡pero yo sé que no, él la mató!

La señora Rouse aparentaba unos 35 años de edad. Aún en medio de su doloroso relato yo vi en ella a una mujer hermosa; despiadado noté cómo su desgarrado vestido dejaba entrever sus piernas marcadas por los trazos de algunas venas sobre su piel blanca, que contrastaban con el oscuro atuendo; un golpe sordo me despertó del ensueño.

—La policía está aquí —dijo mi hermana.

La señora Rouse fue interrogada por los agentes y después se fue con ellos. No pasó un solo instante en que no pensara en ella y en todo lo sucedido. A los pocos días y después de mucho cavilar decidí visitar a la señora Marsha.

—Soy Sam, el hijo del médico del pueblo —dije en el momento en que ella abrió y me miró a través de una diminuta franja.

Cerró con brusquedad. Suspiré diciéndome a mí mismo que había sido una mala idea, di media vuelta cuando escuché su voz de nuevo:

—¡Sam! Entra.

Observé cómo toda la sala se hallaba en desorden, las paredes estaban llenas de fotografías de una joven, recortes de periódico con algunas anotaciones en rojo, prendas de vestir colgadas en las perillas de las puertas y en los asientos del comedor, el olor a humedad era inevitable, sentí un escalofrío al estar frente al sofá donde había muerto Perla.

—¿A qué has venido? —me preguntó cruzándose de brazos mientras apoyaba su cuerpo a la pared.

—Te creo —dije.

—¿Crees qué? —su rostro y tono de voz cambiaron de repente.

—Creo que tu hija no se suicidó.

Sus mejillas se humedecieron e intentó cubrir su rostro con las manos, la sujeté con cariño y dejé que sus brazos rodearan mi cuello, acaricié sus cabellos negros mientras le susurraba que todo estaría bien.

—Necesito información —dijo—. Llegaré al fondo de esto y tú Sam, me ayudarás.

Estaba dispuesto a hacer cualquier cosa por ella, fue así como tomé sin permiso las llaves del consultorio de mi padre y casi al instante me hallaba extrayendo el expediente de Perla Rouse. La autopsia decía:

Defunción por falla cardiorrespiratoria producida por toxina botulínica. Hora: 7:30 pm.

Última comida ingerida: Chocolates.

Nota al pie: el procedimiento de exhumación determinó que la muerte fue provocada por la víctima.

Suicidio.

Entregué el manuscrito a la señora Marsha, mientras ella me contaba lo difícil que había sido separarse su ex esposo Alfred, el padrastro de Perla, debido a que sospechaba que éste la acosaba por su belleza. Perla lucía mucho más madura que otras chicas de diecisiete años.

—¿Crees que él la envenenó?

—Sí, amenazó con causarme mucho dolor si lo abandonaba, pero no sé cómo pudo encontrarnos aquí.

Se levantó apresuradamente y tomó las llaves del auto, se puso un suéter y dijo:

—Vamos.

Solía hacer cada cosa que ella dijera sin refutar, condujo en silencio por más de dos horas, miré mi reloj; eran las 8:10 pm. Llegamos a una solitaria estación que parecía ser una parada de camioneros.

La seguí en silencio hasta allí.

Un hombre alto y robusto le habló con ironía.

—Marsha, ¿qué te trae por acá?

—¿Dónde está Alfred? —preguntó ella, cortante.

—Ahora te dedicas a terminar de criar muchachos, por lo que veo. Alfred está en algo especial y no puedo…

—¡Necesito saber dónde está! ¡Mi hija fue asesinada!

El hombre se encogió de hombros ante la revelación y le dijo:

—Regresa mañana a esta hora. Tendré algo que puede ayudarte. Alfred era un camionero de profesión. Parte de mí se alegró de no haberlo conocido, pues sentía celos de pensar que él había sido con Marsha lo que yo no.

A la mañana siguiente mi madre me despertó alarmada diciendo que la señora Marsha me buscaba desesperada. Me disponía a salir de la habitación cuando mi padre me cerró el paso.

—No te metas en un asunto que no es tuyo. Todos estamos muy tristes porque jamás había sucedido algo así en Mursha, pero esa mujer no sólo podría ser tu madre, sino que ahora quiere involucrarte en un caso sin sentido.

Quise explicarle, pero me interrumpió diciendo:

—¡Esa niña se suicidó! ¡Yo mismo hice la autopsia!

Sus palabras me golpearon como puños. Mi padre parecía estar tan seguro de su dictamen que no entendía por qué me pedía que abandonara el caso.

Me apresuré a recibir a la señora Rouse que traía consigo un documento. Sin saludarme siquiera, lo leyó en voz alta:

—El ricino es un arbusto de tallo grueso y leñoso de color púrpura, su semilla produce una toxina conocida como botulínica.

No entendía el porqué de sus palabras hasta que dijo:

—Tu padre puede haberse equivocado o peor aún, haber omitido información.

Sentí que las piernas no soportarían mi peso, ¿acaso mi padre tenía algo que ver con la muerte de Perla? Y si es así, ¿por qué? Caminaba con paso apresurado al lado de Marsha por la plaza de Mursha hasta que ella se detuvo en la oficina de encomiendas para solicitar un informe de quiénes habían recibido algo en los últimos siete días. La mujer detrás del mostrador le manifestó ser información confidencial. Marsha sacó del bolsillo interno de su chaqueta un documento que la identificaba como agente especial de investigación en criminalística. Sentí que estaba en una pesadilla con una desconocida, la mujer entregó una lista de nombres y salimos del lugar.

—¿Cómo es que no me habías dicho nada? —pregunté enfadado.

Ella siguió caminando sin responderme mientras leía la lista.

—Marsha, respóndeme.

Se detuvo con la mirada fija en el documento.

—¿Quién es Mirshell Flamell? —preguntó.

Sus palabras fueron fulminantes.

—Mi madre.

—Al parecer recibió un paquete proveniente de un laboratorio ubicado en el condado de Mitchell.

—¡No puede ser! ¡Esto debe ser un error! ¡Seguramente mamá tiene una explicación para esto!

—Tú te encargarás de eso.

—¿Yo? ¿Y por qué debería hacer algo así? —bastó una última palabra para sentir cómo sus labios sellaban los mío con un profundo y apasionado beso que paralizó mi cuerpo y respondió a mi pregunta.

En casa traté de hallar algo que me diera una luz ante esta oscuridad, no me percaté del momento en que mi hermana Morsha me observaba usurpando las pertenencias de mamá.

—Estás igual que cuando te involucraste con Mercha, ¿qué te pasa Sam?

Mercha era una mujer de 46 años conocida como la viuda del pueblo. Yo había tenido un tormentoso romance con ella hacía un año, lo cierto es que no me atraía tanto como Marsha, que para mí era la mujer más bella de Mursha. En aquel entonces mi madre Mirshell se opuso rotundamente a nuestra relación, manifestando que yo tan sólo era un niño de 18 años.

—No me pasa nada Morsha, Marsha no es como Mercha.

—Espera Sam. Hay algo que debes saber. Yo vi al hijo de Mercha hablando con Perla en la plaza del pueblo y él le entregó una cajita el día en que ella murió.

Había recibido la luz que necesitaba, caminé con paso apresurado por las calles de mi pueblo para llegar pronto a la casa de Marsha y contarle lo sucedido, en el camino pasé frente a la casa de Mercha y me detuve a observar instintivamente, en la parte trasera de su casa vi algo que me llamó la atención, me acerqué y contemplé anonadado un arbusto de tallo grueso y leñoso de color púrpura.

Corrí despavorido y entré como un loco a la casa de Marsha.

—¿Qué pasa? —preguntó ella.

Sin previo aviso entré al cuarto de Perla y busqué agitadamente la caja, bajo una pila de ropa se asomaba una cinta azul que era parte del envoltorio de un regalo, la tomé y observé que la tarjeta tenía una dedicatoria: De Mercha para Sam. Feliz día de San Valentin. Marsha pidió refuerzos y al instante nos hallábamos en la casa de la viuda donde al parecer no había nadie. Apresurados abordamos una de las patrullas y emprendimos la búsqueda por los alrededores. La camioneta de la viuda era gris y yo la conocía muy bien. Después de merodear un rato divisamos a lo lejos el vehículo y emprendimos la persecución. Lo difícil no fue capturar a Mercha, lo difícil era explicarle a su único hijo qué había sucedido con su madre.

Así pues, las declaraciones de la viuda apuntaban a una venganza hacia mí por la ruptura de nuestra relación. A su hijo le agradaba Perla, por ello le mintió diciendo que yo había rechazado los dulces pero que se quedara con ellos. Mercha no se enteró que su hijo no entregó correctamente el recado hasta la mañana misma en que fue capturada. Le dieron 45 años de cárcel, se demostró que la encomienda de mamá era parte de los medicamentos de papá, y que Alfred se hallaba lejos de la ciudad durante los días en que todo sucedió.

Me casé con Marsha, claro, pero desde que su vejez nos separó, he contado y seguiré contando en este asilo la trágica historia de la única mujer que amé.

QUEDATE

Daniela se alejaba. No hubo beso ni caricia, su partida dejó una atmósfera tan densa que se podía cortar en fragmentos. A ella no le importó, simplemente salió de su vida abandonándolo a la desdicha de un amor que fue para ella, un aborto, algo que jamás debió nacer.

Intentó ultimarlo con las astas filosas de sus palabras. Por más que quiso herirlo no pudo encontrar su corazón, buscó por todos lados como si se hubiese perdido en ella misma, pasó horas intentando sesgar su vida con su discurso, pero no le fue posible eliminarlo. Agrias lágrimas brotaban por las heridas de él, provocadas por la desazón de ver que ella no notó durante tanto tiempo lo que él le entregó.

Quiso arrebatarle su corazón mientras ella lanzaba con vehemencia los libros de la biblioteca, presenciaba cómo Vargas Llosa impactaba contra el espejo, Wiliam Ospina terminó despedazado con su Ursúa y Andrés Caicedo seguía sonriente atravesando la sala para llevarse consigo el jarrón.

—¿Dónde está? ¿dónde lo escondiste? —gritaba iracunda.

No reaccionó hasta que tomó en sus manos justo el volumen que representaba para él más que un simple tomo. No era suyo, había conseguido que su profesora de maestría, la que actualmente cursaba, se lo prestara a pesar de ser egoísta con sus juguetes, como ella misma lo decía.

Daniela apuntó con la mirada hacia la ventana. Él se lanzó sobre ella con tal impulso que el peso de su cuerpo hizo que se desplomara con violencia el escritorio donde se hallaba, hasta ese instante, el computador intacto.

El tiempo hizo una pausa en su infinito quehacer, su mente emigró al pretérito, ahora sólo veía el enorme árbol de la última navidad con sus luces bailarinas blancas y azules. Frente a frente intercambiaban obsequios con una gran dosis de besos. Ella emocionada rompió el envoltorio de la caja brillante:

—Amor, te amo, es bellísimo.

Sonrió porque sabía que esa colección de relojes era algo que anhelaba.

Luego era él quien respiraba profundo mientras soltaba la cinta verde y amarilla de su regalo.

Era el portátil que ahora caía partiéndose en dos en un intento por salvar al menos un ejemplar de su biblioteca. Se levantó rápidamente quitándole el libro de las manos mientras ella aún yacía en el suelo. Lo miró con furia a la vez que regresaba a la posición de ataque:

— ¡Claro, era de esperarse! ¡Sólo te importó el libro de ella, no puedes ocultarlo!

Permaneció en silencio, en parte tenía razón, sólo en parte, pues, aunque se hubiera enamorado de su maestra, ella no era la razón de esta separación.

—¡Esa sarnosa! —continuó diciéndole—. ¡Esa mujer ha estado siempre en tu mente! Ahora que me voy corre, corre tras ella, ve, sigue siendo su mascota…

No quería seguir escuchándola, estaba a punto de derrumbarse y no dejaría que su dolor se notase. Dio media vuelta con la intención de ocultar el llanto. Lo invadía un terror abrumador, quiso huir lejos de aquel espectro que arrojaba esputos de su existencia.

No pudo emitir sonido alguno más que el de la agonía de la laceración que producían las uñas de Daniela en su piel. Ella lo tomó de sorpresa por la espalda; colérica y sin compasión rasguñó sus brazos, su cuello y su rostro. Intentó apoderarse del libro, pero él no lo permitió. Era incapaz de agredirla, finalmente ella lo soltó.

Seguía balbuceando la misma pregunta:

—¿Dónde está?

Se dirigió a la habitación y él la siguió. Con desconcierto vio cómo extraía la ropa del clóset para hacerla explayar desde el balcón del séptimo piso hasta un aterrizaje perfecto hacia la nada. Ella iba arrojando las prendas una a una mientras él, inmóvil, recordaba las veces que habían hecho el amor lanzando la ropa con el mismo furor con que ella ahora lo hacía. Pasó frente a sus ojos aquel suéter negro que había sido parte del equipaje en las vacaciones de 2005 a Medellín, a Bogotá en el 2006, a Pasto el año pasado e incluso lo había protegido del sol incandescente de Cartagena de Indias tan sólo hace un par de meses.

—¡Estoy harta de ti! —prosiguió—. ¡Siempre con esa maldita paciencia para todo, te advierto que no dejaré en esta casa pieza intacta para cualquiera que llegue a tu vida después de mí!

Sus palabras resultaban irónicas sus palabras cuando era ella quien lo abandonaba por otro ser, otro alguien que era parte de su vida desde hace varios meses o, mejor dicho, alguien que al parecer nunca se había ido de su corazón; su ex pareja y con quien además tenía a Marcela, una hija de siete años.

Daniela lanzo la corbata que él había usado el día que se

conocieron y ésta se resistió a salir, como si al aferrarse a la ventana intentara recordar lo diferentes que eran entonces.

Él era profesor de literatura del colegio Saavedra Galindo, había conocido a Daniela en la universidad en un frío día de octubre entre lloviznas intermitentes. Platicaron, se gustaron, iniciaron un romance y después se conocieron. Fueron la pareja más envidada durante años.

Se mudaron a un cuarto piso en el barrio Meléndez, frente la base aérea Marco Fidel Suárez. Cada miércoles a las cuatro de la tarde, un helicóptero de la Armada Nacional aterrizaba para dejar a los soldados heridos en combate. Daniela solía observar la escena mientras él le llevaba una taza de café.

Mario siempre fue un hombre tranquilo, apasionado y noble. La primera vez que perdió los estribos fue un domingo en la mañana.

—¡Daniela! ¡Tu teléfono!

De mala gana, ella caminó hacia el artefacto que reproducía la canción *Caribean Blue* de Enia; la luz intermitente dejaba entrever el nombre de alguien llamado 'Amor'.

Contestó. La voz de un hombre que él conocía muy bien le dijo: ¿al fin te puedes volar hoy?

Sin dejar de secarse el cabello con la toalla, Daniela acudió a la escena justo cuando Mario hizo estrellar el celular contra la pared.

Ahora él veía cómo la sudadera que tenía puesta ese domingo volaba a través de la ventana junto con sus medias, dos pares de zapatos, una toalla, la camisa azul de cuadros que le había regalado ella en su cumpleaños, pero cuando tomó en sus manos la camiseta negra de cuello blanco que su maestra le había obsequiado hace dos años y medio, despertó del trance y con el sentido tan agudo como jugador de liga profesional, evitó que la prenda corriera la misma suerte que aquellas que yacían en el parqueadero de la unidad, acompañadas de miradas de vecinos curiosos.

Daniela no pudo evitar la ira, pues todo iba tomando forma y sentido para ella. Quería excusar su comportamiento a través de las casualidades de Mario por salvar todo aquello que lo relacionaba con su profesora.

La vajilla vinotinto con blanco fue la siguiente víctima. La habían comprado para ir al matrimonio de quien para entonces era una amiga, Dina. Cómo olvidar la paisa que tanto los había hecho reír, sin embargo, Daniela lo celaba con ella por cualquier cosa, sabía que Mario disfrutaba del carisma de Dina y creía que ellos tenían una aventura. La noche de la boda discutieron y, por ende, no asistieron. Dejaron entonces el detalle para la casa, Daniela las fue destrozando una a una intentando que impactaran sobre el cuerpo de Mario. Mientras él se refugiaba detrás del sofá, un pocillo atravesó la sala desde la cocina, pasó por encima de Andrés

Caicedo, impactó en el cristal de la sala y voló al encuentro con la ropa de Mario.

No quedó pieza en la cocina que no resultara hecha pedazos.

Mario, con el libro y la camiseta aún en sus manos, observó a Daniela salir de la cocina con un cuchillo en la mano.

Los recuerdos no eran más que la prolongación de la agonía. Con ese mismo objeto habían pasado muchos fines de semana en la finca, cortando carne, pelando papas, picando cebolla... acompañados siempre de familiares y por supuesto de Marcela.

En uno de tantos paseos pusieron boleros mientras cocinaban juntos, a Daniela se le resbaló el mango y la hoja de acero abrió una herida leve en uno de sus dedos. Mario no soportaba que a ella le pasara nada, se quitó la camisa y la envolvió en la herida, la cargó hasta una silla y ella no podía parar de reír.

—No le veo gracia.

—Estás loco, no fue nada.

Corrió hacia la casa en busca de agua oxigenada, alcohol, gasa o una venda. Los familiares entre risas lo veían buscar por todos lados. Halló entonces un botiquín y corrió de nuevo a la parte exterior donde estaba ella y vio entonces que seguía cortando la carne como si nada ante las burlas de toda la familia.

Daniela caminó con el cuchillo en la mano hacia el taller de Mario, pero esta vez él no la siguió. Apuñaló una, otra y otra vez los lienzos indefensos, algunos lloraban pintura fresca, otros ya no sentían dolor. Levantó con violencia las sábanas que protegían los cuerpos extendidos en marcos de madera, pero lo que halló entonces fue el rostro de una mujer hermosa que no era el de ella.

Él estaba sentado en el sofá de la sala, ella llegó hasta él sosteniendo en la mano derecha un cuadro y en la otra, el metal para lacrarlo.

—¿No piensas impedírmelo esta vez?

Con el rostro lívido él se puso de pie, caminó en silencio hacia ella sin dejar de observar a su profesora sobre el lienzo. Daniela levantó la afilada hoja y en un intento desesperado por evitar el daño, él puso sus manos como barrera y a pesar del profundo corte en la palma derecha, ella lanzó un segundo ataque, pero esta vez él la detuvo tomándole la muñeca. La sangre corrió por el brazo y cayó lentamente al piso.

—¡Di algo maldita sea! —gritó ella.

Al tenerla tan cerca percibió su bello aroma, aquel que había perdido la noche que él descubrió una de sus tantas infidelidades.

Lo invitaron al seminario de Educación Inclusiva en Medellín, lamentablemente el evento fue cancelado por errores de logística. Sus colegas le insistieron en que se quedaran los tres días que duraría el evento, pero él decidió irse a casa y llevar a Marcela al cine.

11 de febrero de 2012, ocho de la noche. Mario muy sonriente introducía la llave en la puerta de su apartamento, giró la manija con cautela para darle a Daniela una sorpresa, contrario a esto el sorprendido fue él. Ella solo llevaba puesto un panti y el papá de Marcela la abrazaba sobre la cama viendo Sábados Felices.

El hombre sin prisa se sentó en el borde de la cama, levantó sus pantalones y empezó a vestirse. Daniela, por el contrario, asustada, inquieta y nerviosa, le daba explicaciones insulsas a Mario.

—Solo vino a ver la niña amor… yo no sabía que tú…

Daniela dejó caer el cuadro. Mario logró quitarle el arma de las manos y el silencio fue turbado por voces al otro lado de la puerta.

—¡Cuadrante 23 de la Policía Nacional, abran la puerta! ¡Procederemos a derribarla, abran la puerta!

Mario no tuvo tiempo de envolver su mano para detener la hemorragia, dos uniformados entraron al recinto violentamente y sin previo aviso, se avasallaron sobre él, lo sometieron en el suelo mientras un tercer oficial, abrazaba a Daniela en la escena y le decía:

—Estamos aquí para ayudarla señora, todo estará bien, acompáñeme.

—¿Qué pasará con él? —preguntó ella, fingiendo estar horrorizada, jugando su papel de víctima.

Mario no opuso resistencia y como era de esperarse, no emitió palabra alguna.

—Señora, ¿levantará cargos contra el individuo? —preguntó el oficial con la rodilla sobre el dorso de Mario.

Los vecinos curiosos y entrometidos se aglomeraron afuera del apartamento de la pareja, la multitud gritaba:

—¡Llévense a ese desgraciado! ¡Sí, que se lo lleven!

Los uniformados levantaron a Mario y cuando procedían a esposarlo, observaron en él la herida en la mano, los rasguños en el cuello y en la cara.

—¡Un momento! ¿quién es la víctima aquí? —dijo el oficial observando las paredes agrietadas, trozos de losa esparcidos por el suelo, libros dañados, agua derramada, vidrios por todos lados, los muebles en posición inhabitual y sangre.

—Oficial yo puedo explicarlo —dijo ella en un intento por tergiversar la escena.

Los murmullos procedentes de los vecinos y sus miradas morbosas fueron bloqueados por el portazo de Daniela.

—¿Quiere que la llevemos al calabozo? —preguntó el oficial ahora dirigiéndose a Mario, el cual negó con la cabeza.

—¡Vámonos señores, no hay nada que hacer aquí! Los hombres de la fuerza pública salieron del apartamento y a la vez dispersaron a la multitud.

Muchas noches él se había preguntado cuándo perdió su piel y su voz, tal vez cansados de estar con él lo abandonaron.

"Ella te ha hecho invisible, no te ve, no te oye," le repetían las voces en su cabeza. Comprendió que su piel y su voz estaban con ella, ahora no sólo lo ignoraba, ella lo había desaparecido.

Daniela arrastraba con dificultad las maletas con sus pertenencias, las únicas que no estaban dañadas en toda la casa, intentaba abrir paso por el cascote donde ya no nacerían jaramagos.

Se paró frente a él, lo escupió en el rostro y le dijo:

—No eres más que un cobarde.

Prosiguió hasta la puerta de salida y se detuvo como si hubiese recordado algo, con gestos de extrañeza e ironía, volteó y preguntó:

—¿Dónde está? Es todo lo quiero saber.

Daniela se refería al corazón de Mario, tenía la intención de llevárselo y no permitir que él se enamorara de alguien nunca más, pero estaba errada, hacía dos años y medio que él se lo había entregado a su profesora de literatura en una caja de poliestireno expandido. Sabía que él no iba a decirle nada así que abrió la puerta y sacó las maletas. Mario caminó hacia ella, frente a frente se miraron sin parpadear.

—Una sola palabra Mario, di al menos una maldita palabra antes de que me vaya para siempre.

Mario se encogió de hombros, suspiró profundamente y respondió:

— Quédate.

EN MIS MANOS

—¿Qué te pasó?

Siempre están haciéndome la misma pregunta. Camino rápido para salir de las duchas, no miro a nadie. La culpa la llevo encima. Perdimos, lo sé, pero no fue por mí. Abdul me cerró el paso y lanzó sal a mi herida con sus palabras.

—Teníamos grandes expectativas. Habíamos estudiado a los rivales y estábamos por llegar al podio. Pero no, tenías que dejar escapar la pelota. ¡Dedícate a otra cosa, no sabes jugar voleibol!

Seguí caminado, sudaba demasiado. Salí del pabellón y sentí que alguien caminaba detrás de mí. Aceleré, sentí deseos de correr, miré discretamente por encima del hombro y aprecié una gran silueta negra, una sombra.

Crucé por una calle por la que no acostumbraba a caminar; la sentí muy cerca, miré nuevamente para intentar divisar un rostro, pero no vi nada.

Entré a casa horrorizado, nunca en mis 16 años me sentí más frustrado, temeroso y avergonzado que aquella noche.

—¿Qué tal el voleibol, hijo?

—Lo sabrías si alguna vez fueras a verme, mamá.

Cerré la puerta de mi cuarto con furia, decidí que no volvería a entrenar. Tal vez Abdul tenía razón.

Han pasado seis días desde el partido, cada tarde que regreso de la escuela, algo me sigue, esa silueta negra aparece en todas partes, donde quiera que vaya.

Alguien llama a mi cuarto. Casi me desvanezco cuando lo vi.

—¡Entrenador!

—¿Qué te pasa Daniel, por qué has faltado a los entrenamientos?

—No regresaré. El equipo perdió por mi culpa, mis compañeros…

Pero me interrumpió:

—El partido no se pierde por una jugada Daniel, son 25 puntos en cada set, no uno. Jamás superarás tus miedos si no aprendes a levantarte de tus fracasos.

Dio media vuelta para irse.

—Alguien ha estado siguiéndome.

Se detuvo en seco.

—No sé de qué hablas.

Sus palabras dieron vueltas por horas en mi cabeza. Pensaba en la sombra, en el equipo, en el torneo…

Salí rumbo al pabellón, eran mis pasos y los de él siguiéndome. Intenté ignorar su existencia, fingir que no era real, pero en mi cabeza sabía que esto no era normal, que no era debido al estrés ni al insomnio.

En minutos ya estaba listo para empezar, me dolía el pecho.

Sentía las miradas desafiantes de mis compañeros.

—No debió volver.

—Estábamos bien sin él.

—Pero, ¿qué le pasa?

Murmullos que dilaceraban mi mente. Me concentré en el entrenamiento; estuve tres horas lanzando el balón a la pared y evitando que se me escapara de entre los dedos.

Saliendo de las duchas, Abdul apareció:

—No creo que el entrenador te deje jugar el torneo de la próxima semana.

—Tal vez, pero, ¿qué clase de jugador eres tú que se vanagloria de los triunfos en equipo, pero huye de las derrotas, escondiéndote detrás de los errores de los demás?

Me sentí aliviado al marcharme, tras decirle eso, sin embargo, la silueta oscura estaba siguiéndome otra vez, pero más cerca, podía sentir su respiración. Corrí desesperado, me detuve y vi que sostenía un balón muy familiar.

Dejé que mi respiración se normalizara, ahora quien caminaba hacia él era yo.

—Deja de seguirme —le grité.

Al no obtener respuesta me acerqué más y volví a gritar.

—¿Quién eres? ¿qué es lo qué quieres?

—Soy tu peor enemigo —respondió al fin—. No serás un buen jugador jamás.

—¿Y quién va a impedírmelo? —le dije acercándome cada vez más a su rostro y contemplando aquello a lo que más temía, y lo último que imaginé encontrarme en ese momento, acosándome y amenazándome, destrozándome y aterrorizándome.

Aquello que me perseguía eran mis propios miedos.

Mi propio rostro me devolvía la mirada.

TRES, 3, III

—¿Café?

Cuando la escuché comprendí que la pesadilla había terminado.

—¿Otra pesadilla?

Permanecí en silencio, incapaz de reconocer mi entorno, el cuarto, su voz… Me puso la taza en las manos y el aroma me ayudó a aclarar mi mente. Me preguntó qué había soñado mientras me peinaba el cabello con sus manos.

—Ahora no —le dije—; primero el café.

Tres días consecutivos teniendo el mismo sueño, tratando de mantener la lucidez al ocupar mi mente, leyendo cada publicación posible en la editorial Fandiño, donde trabajaba. Mis compañeras decían que estaba irascible, no querían pasar por mi oficina; me molestaba el ruido, la multitud, ver a la gente masticar, la vibración del teléfono, las luces… cosas que antes me eran indiferentes. Me puse a la tarea de identificar qué cosas me habían empezado a fastidiar, pero enumerarlas era también un fastidio.

Algo me detuvo frente a la estación de Transmilenio; sentí fobia de las personas aglomeradas. Pero, ¿qué me pasaba? Siempre había recorrido la misma ruta. Algo estaba cambiando y no podía seguir negándolo. Salí de mi letargo tras la vibración del celular en mi bolsillo. La luz no me permitió ver quién era. Rechacé la llamada.

Me alejé de la estación y preferí caminar. Cavilé sobre aquel sueño, tres noches en que una niña aparecía sosteniendo tres monedas tan grandes como su mano, cuyos colores rojo, azul y negro me atraían; quería quitárselas, pero se escabullía, riendo y se escondía en un baúl. Era incapaz de acercarme para abrirlo, me causaba horror y desesperación, y allí era cuando despertaba.

Sabía que había algo en las monedas. Necesitaba que el sueño avanzara para descubrirlo, pero mi temor no me lo permitía.

—¿Por qué no contestas el celular?

Me reclamó enojada apenas entré al apartamento. La jaqueca era insoportable. Solo me limité a decir, rojo, azul y negro.

2:01 am. Sentada frente al computador, con el terror que provocaba ver una página en blanco y la pesadez de querer dormir y a la vez no, la escuché gritar desde el cuarto.

—¡Ven a la cama!

Ella no entendía qué me pasaba, ni el porqué de mi actitud. Oprimí teclas sin orden lógico:

ksodijfsjodifsdlgjosidjfojdjlsjdflsajdflas, nada más para que ella creyera que yo seguía muy ocupada. No pasó mucho tiempo y abrió abruptamente la puerta del estudio.

—¿Qué es lo que pasa contigo?

Seguía siendo hermosa aun cruzada de brazos, despeinada, malacarosa.

—No quiero ir a dormir —dije con la mirada fija en su ceño fruncido.

Estaba a punto de decirme algo cuando vio en la pantalla lo que había "escrito". Se tomó la cabeza con ambas manos y sin darme tiempo de nada, cerró el portátil, desconectó el cable, el mouse y la USB. No tuve más remedio que dirigirme en silencio a la cama. Me acosté dándole la espalda y sentí las olas colchoneras que produjo cuando se acostó. Me dormí de inmediato.

Ahora todo era color rojo; las extrañas paredes, el piso, las cortinas, hasta la niña, que esta vez no traía las tres monedas, solo la roja.

¿Que si quería la roja? No lo sabía. La niña corrió de nuevo al baúl rojo. Me acerqué, mi corazón quería salirse por mi boca, respiré con dificultad, hasta yo era completamente roja. Estiré mi mano para abrir el baúl; era una pieza clásica, sus herrajes de rojo brillante no sufrían ningún cambio a pesar de mi esfuerzo. No abría.

—Tranquila, respira, no abras los ojos.

Escuchaba la voz de mi esposa entre susurro y llanto, me percaté de que estaba de pie.

—Estoy aquí, tranquila —decía

Abrí los ojos lentamente; me costó mucho trabajo reconocer que me había levantado dormida y que ahora estaba en el pasillo.

*

Hace dos noches que no sueño nada. Mi esposa me dice que he dormido más de catorce horas seguidas. Ella está preocupada, insiste en que debo ver un médico, ir a psicología y, lo siento, pero eso no sucederá. Llevamos juntas cuatro años, de los cuales tres ha vivido conmigo escuchando el tecleo de mi computador todas las noches; ella dice que he escrito cosas que no hemos vivido y sé perfectamente que las niega. ¡Qué más da!

Estoy colapsada de trabajo en la oficina, es imperativo no enfermarme, lo extraño es que ahora me molesta el ruido de la gente al caminar, la respiración, los perfumes; puedo escuchar los celulares vibrar y me irritan. Aseguro la puerta de mi oficina con la esperanza de no tener que hablar con nadie, me centro en lo que debo revisar, escribir, corregir, enviar... pequeños puntos rojos salen en la pantalla, miro hacia otro lado intentando centrar mi mente, nada. Me pregunto si es una falla en la pantalla. Puntos rojos, rojos, rojos.

Ella llora, le digo que solo tuve un mal día en la oficina, pero insiste en que algo más me pasa, me interroga, me toma el rostro con sus cálidas manos, me besa, me abraza. Solo quiero dormir.

Azul, las paredes son azules, las cortinas, el suelo, un techo que se asemeja al infinito, azul profundo. Hace frío. Tomo una manta azul para cubrir mi cuerpo desnudo y azul; camino en círculos esperando que la niña aparezca, veo dos pequeñas luces azules que se acercan, son sus ojos que brillan y su cabello es azul, esta vez no viene sola, trae consigo un pájaro azul. ¡Logro hablar! No hay sonidos, solo letras que salen de mi boca y forman una palabra:

"TRES."

Me despierto en la sala, sobresaltada al encontrarme de pie, frente al espejo y en pijama. Me controlo rápidamente, pues esta vez mi esposa no se ha despertado. Me apresuro a volver a la cama, son las 3:03. ¡Carajo! ¡Debe ser solo una coincidencia!

Estoy helada, la abrazo rodeando su cintura y me duermo de nuevo.

*

Hace tres días no salgo de casa, no soporto el aire en mi rostro, el sonido de la lluvia, las miradas de la gente, sus voces, el olor a gente, el ladrar de los perros, el tráfico, el trajín de una ciudad…

¿Enferma? Por supuesto que no. Ni mi esposa ni el café me repelen aún.

Negro, temía llegar a la tercera moneda, todo es tan negro que no puedo identificar dónde termina mi cuerpo y empieza la eternidad.

La niña está, lo sé porque la escucho, aunque no la vea.

—Sigue mi voz.

Obedezco, parpadeo con rapidez intentado dilucidar algo que me permita ubicarme, pero es en vano, todo es un inmenso manto negro frente a mí. Camino, sigo su voz, se aleja, ¡corro!

El dolor punzante en mi pierna derecha se ahoga al intentar gritar, me sobo con desesperación, palpo el objeto, no hay duda de que me tropecé con el baúl.

Lo escucho abrirse y el reflejo de tres colores es insoportable, hiere mis ojos. Es la niña, que aún dentro del baúl, me enseña tres monedas cuyos colores reconozco muy bien.

—Debes elegir, ya no hay más tiempo. ¿Roja, azul o negra?

*

Despierto en la cocina, mi esposa habla fuerte por teléfono, da nuestra dirección, suplica por ayuda. Un silencio tortuoso, la atmósfera densa y ella, ella entra a la cocina y se queda inmóvil frente a mí, no me mira fijamente, ¿qué ve?

Empuñada tengo una hachuela, la dejo caer y el pavor se apodera de mí. Intento acercarme a ella, pero retrocede. Una toalla ensangrentada cubre su antebrazo.

No puede ser, ¿qué está pasando?

En la comisaría ella no levanta cargos contra mí, insiste en que padezco un trastorno de sueño y que la ataqué mientras ella dormíamos. El juez de familia determina que debo ser trasladada para un chequeo de no sé qué. No me dejan hablar con ella, necesito contarle qué está pasando en mis sueños, qué color debo elegir.

Mientras estoy en custodia, la observo tras el pequeño cristal en la puerta. Grito, no me oye, es como en mis sueños. Golpeo el cristal haciendo énfasis con el anillo de boda, ella levanta la mirada, nunca vi tanta tristeza en sus ojos. Camina despacio hacia mí a pesar de las advertencias de los presentes, sosteniendo aún la toalla ensangrentada. Leo de sus labios un "te amo".

—¡Rojo, azul o negro! —grito desesperadamente.

60

Cierra los ojos en un ataque de llanto.

—¡Rojo, azul o negro! ¡Dime!

Golpeo el cristal tres veces al tiempo que grito tres palabras: ¡Rojo! ¡Azul! ¡Negro!

La puerta se abrió de golpe.

Es lo último que recuerdo.

MARGOT

Margot era la cuchara menor de 15 hermanas fabricadas por un famoso herrero de un pueblo del sur de Bolívar.

El juego de cubiertos fue comprado por Chucho en el año de 1984, un hombre dedicado a la reparación mecánica de carros que tenía su propio taller heredado de su padre, viudo y sin hijos. Chucho empezó a descuidar su figura y aseo personal, sentía que al haber perdido a su esposa lo había perdido todo. Pasaban semanas sin que tomara una ducha, arreglara su casa o se cepillara, se dedicó a su trabajo y a comer.

Cada día Chucho preparaba su alimento y en los últimos años, sintió preferencia por comer con Margot, pues siendo la cuchara más pequeña él creía que la comida le duraba más.

Un día Margot les manifestó a sus hermanas:

—¡Estoy harta de Chucho! Me saliva con su apestosa boca cada día de mi vida. Hay 14 cucharas más y siempre viene directo a mí, ni si quiera me lava cuando me usa. Creo que no voy a aguatar por mucho tiempo.

Sus hermanas en vez de apoyarla le lanzaron una carcajada, la mayor le dijo:

—Hermanita, deberías estar agradecida; de no ser por ti todas estaríamos igual de apestosas que tú —y rieron nuevamente.

Margot intentó encontrar algo de agua dejada en el lavaplatos para quitarse residuos de comida de hace más de una semana, pues en verdad olía muy mal.

A las seis de la tarde llegó Chucho. Traía consigo una bolsa que contenía sopa y arroz, fue directo a la cocina buscó a Margot. Aunque ésta trató de ocultarse él, la halló rápidamente, la escupió y con la camisa sucia que traía puesta la limpió. Ahora Chucho no sólo comía con ella, sino que cuando terminaba, pasaba varias horas con ella dentro de su boca.

Cuando al fin el obeso hombre se quedó dormido, Margot fue de nuevo a la cocina. Los platos, los pocillos e incluso sus hermanas, notaron que algo extraño pasaba.

Estuvo por horas encerrada con la piedra de amolar, cuando salió todos percibieron que los bordes de su cabeza estaban tan pulidos como la hoja de una cuchilla. Margot se abrió paso entre la multitud de loza, estaba radiante y sonriente.

—Se acabó, hoy fue el último día en el que Chucho me usó.

Las risotadas no se hicieron esperar, hasta el más ruin de los platos aseguró que su destino estaba marcado, que nada lo cambiaría.

Chucho dormía con la boca abierta. Margot se posó sobre él utilizando la panza como trampolín. Abajo, los utensilios de cocina se preguntaban qué haría.

Una vez Margot alcanzó la altura deseada, arremetió con tanta fuerza sobre la cavidad ocular de Chucho, que su ojo salió expulsado y rebotó como pelota de goma. La ensangrentada Margot no renunciaba y estaba aferrada a la cara orbitaria. El sobresalto de Chucho fue inmediato, gritaba tratando de retirar el metal frío de la cuenca en la que antes estaba su ojo izquierdo. El forcejeo fue brutal, Chucho perdió la batalla al resbalar desesperadamente por las escaleras, cayendo inconsciente boca arriba. Margot, ante la presencia atónita de la multitud, se desprendió de la cavidad, y erguida caminó ante la aterrada mirada de sus hermanas. Logró limpiarse la sangre con un poco de agua estancada, empacó algunas pertenencias y se fue.

Cuenta la gente que Margot logró llegar al comedor de grandes estrellas de cine, que incluso aparece en películas como *Powder* y *To the Bone*. En cuanto a Chucho, dicen que se recuperó de la caída y compró otros cubiertos botando los que tenía, ahora sus 14 hermanas yacen en el pulguero de Bogotá buscando una nueva oportunidad de adopción en algún comedor.

UN BUEN DÍA

La lluvia y el frío habían sido el coctel perfecto de los últimos días, sin embargo, hoy deslumbraba el cielo dorado sobre los espejos de tierra.

—¿Qué desea desayunar? —Fue la pregunta más sensata para empezar. La mujer dejó a un lado el libro *Paula* y sonrió. Ordenó huevos al sartén, salchichas, pan con queso, mermelada de fresa con galletas de ajonjolí, una rebanada de piña, jugo de mandarina, café con leche, tostadas con mantequilla y gelatina de limón.

Para bajar la llenura practicó un poco de yoga bajo el candente sol, respiró profundo y repitió para sí: saucha, santosha, tapas, svadyaya, ishvara pranidhana; inhala-exhala. Perfume de albor, beso asceta del viento intentando arrinconar la luminiscencia del alma, rea del número atómico 26 del que está hecho su corazón, hasta hoy.

Llevaba días esperando una llamada, el hombre junto a ella le negaba con la cabeza esa posibilidad. No había llamada hasta ahora.

Tiempo para una relajante sesión, cuatro mujeres alrededor de una camilla acompañaban el acto con primorosas esencias. Se acostó boca abajo y sintió el tropical tacto resbalar por las cordilleras de su cuerpo. Golpeteo, apretones, masaje ayurvédico, pensamientos sicalípticos se escurrían con el aceite entre las piernas, los muslos, el cuello, los hombros… pequeños e insonoros quejidos se le escabullían entre los labios. Minutos después estaba sumergida hasta el mentón en la bañera, le costaba parpadear. Miró al hombre que permanecía a su lado y de nuevo, un no.

Al salir de la bañera la esperaba Lorna, una invitada más a este día, sosteniendo una maleta transparente llena de utensilios para uñas. Desnuda impuso toda su humanidad sin ocultarse de los ojos de nadie, el agua se le desprendía como retazos de badana. Bebió un gran sorbo de Martini sin gesticulación alguna, se puso el camisón de organza que se adhería a su piel mojada y al sentarse, eligió el color azul perlado.

—¿Qué desea almorzar?

Tenía el menú servido en su cabeza, como si lograra despejarse de años para volver a él.

Quiso pollo en salsa de champiñones, con brócoli, queso, pan de mantequilla, pasta estilo carbonara, una porción de tocineta, tajadas verdes con salsa de mostaza, una copa de vino tinto, juego de cereza y de postre, crema de maní con helado de chocolate.

Ni si quiera tenía apetito, sin embargo, cargaba con ese instinto de agudeza al paladar propio del umami, cuyo placer estaba en la sutileza de los sabores más que en la cantidad. La orden no tardó, casi al instante estaba maravillada en una explosión de sapidez.

Son las 2:03 de la tarde. No había indicios de la esperada llamada. Comenzaba a exasperarse. Trató de contener la ansiedad regulando su respiración, salió de su letargo cuando fue notificada de la llegada de una mujer que había soñado conocer durante décadas, Isabel Allende.

Caminó con paso acelerado sin truncar sus nuevos ropajes, sentía la noción de encontrarse de frente con la proveedora de su idea de soportar estar viva. Como era de esperarse no estaba sola, la acompañaba todo su equipo de seguridad editorial. A pesar de los protocolos exigidos, no pudo evitar abrazarla en cuanto la vio. Lloró como una niña perdida. Cruzaron amables palabras y ante la premura, la intervención duró poco, la autora le firmó un par de libros y el encuentro terminó.

El hombre siempre a su lado negó con la cabeza, de nuevo, que alguien la hubiese llamado. De no ser por la llamada que esperaba, el día encajaría en la calidad de perfecto.

El reloj no daba tregua. Le suavizaron el rostro con agua de rosas y azúcar, la empavonaron de crema y perfume, perfilaron sus cejas, la maquillaron realzando sus expresivos ojos grises. El ocaso cubría de tristeza cada rincón de su humanidad, pero de la llamada nada. Lucía espléndida, despampanante, reluciente, era hora de la cita con el sacerdote; levantó la mirada para seguirle el paso al manto negro que con extrema parsimonia atravesaba el salón, entre sus arrugadas y amarillentas manos, el libro que le costó la vida a Atahualpa. Fueron solo unos minutos para dirimir que no había paz ni sosiego, el tiempo era una escopeta apuntando directo a la sien. Huir era un suicidio, quedarse una sentencia, el tictac pronto apretaría el gatillo.

Ordenó las cosas que consideraba más importantes, separó sus libros, detalló viejas fotografías, apartó algunas prendas, selló su última y única carta con destinatario: mamá; besó la medalla de la virgencita y pronunció las palabras que el sargento necesitaba escuchar: estoy lista.

La puerta apodada 'crepitación' la hizo sentir microscópica. Sobre las inmaculadas sábanas, una equis se dibujaba. Se ubicó sin temor como el Hombre de Vitruvio y escuchó sin parpadear lo siguiente:

—De manera anticipada, dando cumplimiento a las peticiones sugeridas por usted ante el despacho 81 de 2009, donde solicitó se le otorgara la petitoria del último día. En el proceso seguido será ejecutada con inyección letal por el delito de homicidio en primer grado, de acuerdo con lo señalado en la diligencia de formulación de cargos efectuada por el Fiscal 93, en hechos ocurridos el pasado 10 de octubre de 1999 después que se dictaminara su culpabilidad de los acontecimientos según el juzgado 729 de Estado. ¿Desea pronunciar algunas palabras?

—*El tiempo les dará la respuesta.*

Clemencia Lara Villaba fue ejecutada el 24 de julio de 2019, acusada de haber acabado con la vida de una niña de 9 años. Pasados 19 meses a su ejecución, se demostraría su inocencia. Su madre había fallecido en un accidente de tránsito días antes a la ejecución, por ello su única hija no recibió la llamada y la carta fue destruida.

ABRÁSAME

—¿Qué hace él aquí? —le pregunté a mi mamá mientras me aventuraba a colar un poco de café. No me respondió, lo único que estaba claro es que yo no iría a la escuela y él no iría al trabajo, no me imaginaba qué nos esperaba.

Mamá vestía esta mañana una bata azul, empinzaba su cabello desde la noche anterior, no la había visto sonreír hace mucho tiempo, pero especialmente hoy, algo la tenía muy ansiosa.

Me fui a mi cuarto evitando cruzármelo. Era el único espacio donde me sentía medianamente libre.

Era insoportable no ir a la escuela.

7:20 am, alcancé a escuchar la ducha. Me preguntaba si existía algún producto que pudiese borrarle la memoria, los tatuajes, las cicatrices…

El sonido del agua cesó y lo escuché llamar a mi madre. Las chancletas eran ruidosas cuando caminaba sobre el piso de madera.

Ella no le hablaba a menos que él le preguntara algo. Solo recibía órdenes y obedecía.

—Tráeme ropa limpia y café —dijo. Y de nuevo escuché las chancletas.

Me asomé por la ventana y pensé que yo no debería estar allí. ¿Qué día era hoy? ¿Era jueves?

Tenía que estar en clase de informática. El profesor César era estricto pero divertido, hablaba con amabilidad y nos dejaba jugar en los descansos. No entendía por qué no podía ir al único lugar donde podía vivir plenamente y sin miedo, el colegio.

—¡Este café está horrible! ¡No sirves para nada mujer!

Lo escuché gritarle a mamá. Luego hubo un golpe seco a la pared, una bofetada, sollozos.

Apreté los dientes para contener la ira, otro golpe.

La escuché caminar hacia la cocina, salí tras ella y la vi llorar mientras apresurada tomaba la olleta. Me miró con los ojos hundidos, sin brillo.

—Confundiste el azúcar con la sal —me dijo—. Por favor, no vuelvas a hacer café.

—¿Por qué volvió? —tuve la fuerza de preguntar.

—No tengo trabajo, no tenemos otra manera de subsistir.

—Yo puedo trabajar mamá, no lo necesitamos.

Un pequeño rayo de luz atravesaba un vaso de la alacena e iluminaba el rostro de mi madre. Había una pequeña mancha de sangre en sus labios.

—¡Por Dios Sam! ¡Solo tienes 12 años! ¡Vete a tu cuarto y trata de no salir!

Le temblaban las manos. Pasó de prisa por mi lado y por primera vez en mi vida percibí el aroma del café realmente amargo.

Entré a clase en línea. Subí el volumen al máximo para no escucharlo. Le gritaba a mi madre todo el tiempo mientras yo rayaba mis cuadernos con rabia e impotencia. Mi maestra me pidió abrir el micrófono, pero me negué. Toda la clase escucharía las groserías que él le estaba gritando a mamá. Me desconecté como mecanismo de defensa.

Los gritos no cesaban, me paré detrás de la puerta para escuchar mejor y oí pasos, cada vez más cerca.

Me senté en el borde de la cama y entró furioso como siempre, me preguntó por cuarenta mil pesos que tenía en su mesita de noche, reclamándome por su pérdida.

Abrió mi clóset, sacó mi ropa y mis cosas con rabia, tiró todo lo que encontró en la repisa, volteó hasta mi cama. Al ver que no respondí a sus preguntas, sentó sobre mí el más profundo y doloroso golpe. Me doblé de dolor y lloré por horas.

Las noticias solo traían malas noticias. No había esperanza de regresar a clases presenciales y tampoco de que él volviera a su trabajo. Mamá tenía sus dedos marcados alrededor del cuello, como un horrible collar morado, tatuado sobre su piel. Ella ya ni si quiera intentaba ocultar sus heridas ante mí. Él quería que yo me fuera a vivir con mis abuelos a Pitalito, pero estaba loco si pensaba que dejaría a mi mamá sola con semejante bestia.

Entré a Google y tecleé *bestia*.

"Puede referirse: *en general, a una bestia o monstruo, un ser generalmente tenebroso que genera miedo, horror o repulsión; (animal, alimaña, cuadrúpedo, caballería, acémila, bárbaro, bestial, bruto, cafre, patán, ignorante, inculto, zafio).*"

Seguí buscando, pasando de una página a otra, en la inmensa necesidad de saber quién estaba en mi casa. Escribí: *¿Cómo eliminar a la bestia?*

4.670.000 resultados. Click, empiezo a leer, al tiempo que aprieto con fuerza la quijada. *Estrategia: permanecer siempre a sus costados, cerca de su pata derecha. Debilidad: Fuego.*

No era la primera vez que había estado con nosotros. La última vez había intentado lanzar a mamá por la ventana. Ella presentó cargos que lo llevaron por tercera vez a la cárcel, pero luego se retractó y por tercera vez, regresó. Sabía que él había tenido otra familia antes de mamá, Lucila Marín creo que era el nombre de su esposa.

Teclee: *Lucila Marín de 2.190.000 resultados (0,42 segundos).*

Decidí buscar solo en noticias.

2.330 resultados. Abro una y otra página, demasiada información, me llevó horas hasta que encontré algo que me dejo sin aliento.

"Después del feminicidio de Lucila Marín y su pequeña hija de dos años, el homicida sigue prófugo."

Me temblaron las manos, mi respiración empezó a entrecortarse, no quería continuar, pero mi mente me obligó. La noticia provenía de la ciudad de Aguada, Provincia Vélez en Santander.

Necesitaba un poco de agua. Al salir del cuarto me percaté de lo tarde que era. Al parecer la bestia dormía, y vi a mamá planchando en el cuarto de ropa. Sin pensarlo dos veces abrí la puerta del cuarto de ellos. El zafio roncaba. Entré tan despacio como pude y noté que al costado de la cabecera de la cama colgaba un pantalón gris. Me sentí lleno de miedo, aterrado, gotas de sudor resbalaban por mi frente, aun así, no me detuve, me armé de valor e introduje

76

mi mano en el bolsillo del pantalón, vacío. La bestia guarreó, intenté en el otro bolsillo. ¡Eureka! La saliva me sabía a vinagre, notaba cómo a cada paso que daba la puerta se alejaba un poco más, era una agonía. El alivio que sentí al entrar a mi cuarto fue similar a la última vez que la policía se lo llevaba. Tenía la boca más seca que nunca, un sorbo de agua era vital ahora.

Tenía su billetera en mi mano: Abel Dobeya Zar, 1966, expedida en Aguada, Santander.

¡Qué carajo! Me apresuré a inspeccionar más a fondo, tarjetas, licencia, carnet de la alcaldía, la cédula de mi madre, algunas facturas y… una foto de una bebé.

Me enfrenté solo al inmenso río Flegetón para dejar en su sitio lo que sin permiso tomé, al salir me topé con mi madre que tomándome del brazo me advirtió:

—¡No me digas que andas robando otra vez! ¿No te das cuenta de que eso lo hará enojar y todo será tu culpa?

Me encerré de nuevo llevándome conmigo mi silencio. No podía dormir, era imposible no creer que algo muy malo iba a pasar, pero era necesario decidir a quién.

De nuevo en el buscador, ahora desde VPN, resultados: limpiadores de hornos y de drenaje; productos de limpieza y desinfección, incluyendo cloro y limpiadores antibacterianos, detergente en polvo, ceras para el piso, disolventes, decapantes y removedores de pintura; pesticidas, removedores de grasa y óxido, aceite de motor y aditivos de combustible, materiales para el arte y manualidades.

Me producía una enorme satisfacción el leer todo esto.

Horas más tarde, mi madre entró al cuarto para llevarme el desayuno, pensó que estaba conectado a clase. Era extraño que no la hubieran llamado del colegio.

—Debo salir a comprar cigarrillos, por favor pórtate bien y sé obediente con él.

Mi respuesta fue la misma, el silencio. Me sentía exhausto, comí con desesperación, detestaba que el olor a cigarrillo fuese el olor a miedo, el olor a *él*.

—¡Sam! —lo escuché desde mi cuarto, ahora éramos solo la bestia y yo—. Sam, ¡que vengas te digo!

Estaba lustrando sus zapatos negros, sin camisa y sonriente.

—¿Qué pasa muchacho? ¿Acaso no extrañas nuestros juegos?

No podía evitar las ganas de vomitar, mi estómago atravesaba una tormenta.

No de nuevo, no otra vez.

—Abrázame.

Maldito sea.

*

Los días pasan, mamá colecciona moretones, tiene los labios rotos, ya no sale a la calle. Para mí las clases terminaron, la bestia estaba ganando bajo el temor y el horror de cada día. Me permito creer en un buen final para esto. Los casos de contagio aumentan, y también las restricciones sanitarias. No hay una luz de normalidad. ¿Cuántos días más? ¿Cuántos?

Mientras la bestia pasa el rato limpiando el motor de su moto en el garaje, mamá es cada vez más sumisa y obediente. La veo llorar frente al espejo mientras trata en vano de aminorar el dolor con un trozo de hielo. El olor a cigarrillo impregna toda la casa. Huele a dolor, a impotencia, a muerte.

Con la ropa llena de grasa y aceite, se sienta en la silla mecedora de mamá y yo pienso en lo mucho que deseo alimentar a la laguna Estigia.

Le preparo una limonada con un par de Zolpidem, de las que mamá ha consumido por años.

Funciona.

—¡Mamá, dijo que vayas al centro, a recoger una encomienda de la ferretería! —miento.

Ella solo me mira mientras cubre su rostro con una manta, toma las llaves y se marcha en silencio, acostumbrada a obedecer. Los minutos pueden parecer una eternidad, más aún cuando mezclas un poco de grasa y óxido, con aceite de motor y combustible. Empapo toda su ropa, lo empapo a él, y lleno en especial sus bermudas amarillas con franjas negras. Enciendo uno de sus asquerosos cigarrillos y tomo una bocanada. Esta sale limpia, exhalo felicidad, tranquilidad, y libertad; y dejo caer aquel cigarrillo suavemente entre sus enormes dedos.

Te abraso, pienso, mientras todos los vasos de la cocina resplandecen en el reflejo de un fulgor naranja.

Lo hice. Permanecí detrás de su pata derecha y ejecuté su única debilidad.

La bestia ha sido sumergida en una balsa de estiércol, que asoma el morro y es violentamente empujado al fondo, tal como Dante lo situó.

CRIPTOGRAFIA PARA UN TAXIDERMISTA

Sobre la ponderada mesa de madera antigua, una bandeja de tipo quirúrgico donde reposaba el bisturí, la aguja de sutura, hilo y algodón. A su lado, el relleno de yeso, bórax, alcohol y conservantes. Aunque era muy pulcro y metódico, era imposible mantener todo en orden, se había mudado a una gran casa de campo, con vecinos lejanos, grandes salones, vegetación y ventilación, lo que le permitió aumentar su producción, aunque las deudas amenazaban su ruina.

Por fuera la casa tenía la apariencia de un condominio cualquiera en un vecindario tranquilo, no se notaba que las ventanas de las habitaciones estuviesen selladas por dentro, pues el papel tapiz creaba una ilusión óptica de profundidad. Al cruzar la puerta de entrada estaba el salón principal al costado derecho, con un amplio juego de sala en forma de ele, sillones blancos y una mecedora; frente a este, y al costado derecho, una cocina sencilla; después se observaba el pasillo central que dividía cinco salones: dos a la derecha, dos a la izquierda y uno más grande al fondo. Los tenía enumerados y con nombres para sí mismo. Cuatro estaban destinados al trabajo aficionado de Johan Boned, quien se apodaba a sí mismo, Job.

Salón #1 - La HB (habitación principal): la habitación de Johan no develaba ningún rastro de su aficionada profesión, era inmaculadamente limpia y organizada, la cama perfecta con sábanas verde manzana, tendido blanco y dos cojines sin estampa; dos lámparas sobre las mesitas de noche y sobre una de ellas, la biografía de Joseph Seigenthaler.

Salón #2 Taller Principal: ubicado al lado de la habitación principal, entrando por el pasillo central era la segunda puerta a la izquierda, estaba lleno de piezas acabadas y otras en proceso, una caja recién llegada del aeropuerto aún sin abrir. Máquinas de fabricación artesanal, restos óseos, pieles apiladas en retazos, una pulidora eléctrica, cajones de madera que clasificaban pezuñas, ojos de vidrio, etiquetas, pinturas en aerosol, anticoagulantes entre decenas de otros artículos. Llamaba la atención el horno blanco a gas y con tres perillas, original de los años 50, donde cabía sin esfuerzo un animal del tamaño de un Bulldog inglés. La ventilación artificial enlazaba directo al sótano y este a su vez, con un sistema de compleja mecánica cruzada subterránea para toda la casa.

A sus 43 años Job se regía por una inflexible rutina que incluía limpiar y desinfectar toda la casa, luego salir a trotar por una hora y media; desayunar con fruta y leche; estar en el laboratorio de la Universidad de 9 de la mañana a 5 de la tarde, ir al mismo restaurante de la calle Quinta con 30 a las 5:15, tomar una copa en el bar Toledo por treinta minutos, caminar hasta su casa y encerrarse en sus proyectos personales. No cruzaba palabra con nadie a menos que fuese necesario; le gustaba la soledad, el silencio. Su esencia asocial e imparcial eran más que un sello de su personalidad.

Salón #3 - Exhibición: era el primero a la derecha del pasillo central, poseía las piezas disecadas más extraordinarias, entre ellas mariposas de diversas especies, tamaños y colores; al fondo, colgadas, la colección de cabezas de animales: cebra, alce, puma, triguillo, un topo, dos gatos, un zorro y Lulú, su única mascota. Sobre la chimenea en desuso y en orden de tamaños, ocho frascos con restos disecados de partes de animales, roedores y aves en particular; en la pared opuesta y enmarcados en tabloides, colmillos de elefante, tiburón y jabalí.

Salón #4 – Molde y relleno: en este salón, Job realizaba los prototipos para sus animales, tenía un variado y ostentoso muestrario en plástico, colada y espumas de Smooth On, yeso, cera, resina y otros. Rostros de animales en diferentes expresiones, como el de un gorila, a quién su cliente le exigió primero ver una muestra del animal enojado, sonriente y tranquilo. También allí pasaba horas en la máquina plana, la industrial y la Intbuying, especial para acabados en cuero. Sus clientes eran acaudalados miembros de una organización anónima liderada desde Suiza con las siglas HSA (Hidden Service Artister), exclusiva por sus gustos excéntricos, de los cuales hacían parte 34 naciones.

El único salón que permanecía con doble llave era el #5, ubicado al fondo del pasillo. Job lo había adecuado con dos entradas independientes. A la izquierda estaba la puerta de hierro del cuarto frío con unas escaleras ocultas que conducían hacia la bodega de refrigeración en el sótano. A la derecha, el cuarto llamado *El Despellejadero*. A diferencia de toda la casa, este contenía el penetrante olor a muerte, el acero inoxidable le daba la apariencia de carnicería y los azulejos, de anfiteatro. El orden de las muchas herramientas que Job requería para extraer no solo la piel de los animales muertos sino sus piezas dentales, garras y demás, era increíblemente amplio. De un lado los cuchillos deshuesadores, el filetero, el madrileño, de malla, gubia, hachuela, serrucho. Por el otro, herramientas puntiagudas, de succión, taladro, espejo, pinzas, fórceps entre otras. Sobre la fría camilla en el centro, una mujer yacía atada, desnuda e inconsciente.

La presión de su familia había llegado a tal escala que Suzane decidió renunciar a la pasión por la historia y la cultura para estudiar biomedicina. Pasaba los días en la universidad tratando de conectarse con su carrera, con sus compañeros, con los profesores, pero no, era un calvario. Lo único que la motivaba a seguir eran sus prácticas en el laboratorio, podía quedarse allí durante horas y explorar cuanta ocurrencia se le cruzaba. Lo más interesante era el hombre que lo dirigía, camisa gris bajo la bata blanca, las canas abriéndose paso entre el cabello negro como pintura al óleo, cejas pobladas que contrastaban con unos ojos grises, fríos y sin brillo. Sin duda el apuesto director era blanco de acechantes miradas, coqueteos e incluso cartas anónimas; su esbelta figura, la barba que parecía de varios días le daban el perfil de maduro insaciable y sin embargo él, parco y silencioso se limitada solo a entregar los pedidos requeridos para los estudiantes. —He notado cómo lo miras.

Expresó con picardía Gabi, amiga de Suzane desde la secundaria. No estudiaba allí, pero el ocio de acompañarla al campus le resultaba acogedor.

—Es muy serio, he intentado entablar una conversación con él varias veces y me responde con la pregunta, *"¿algo más señorita?"* —Es como raro, misterioso —las dos rieron a la vez.

Ante la expresión pavorosa de Suzane, Gabi se dirigió hasta el mostrador donde estaba el hombre, golpeó la ventanilla con uno de sus anillos, lo miró y le dijo:

—Mi amiga quiere invitarlo a un café.

Sin mediar palabra, el hombre se levantó de su silla, colgó la bata en el espaldar y salió, eran las 5 en punto. Las dos jóvenes en un acto impulsivo lo siguieron con cautela. Suzane osó irrumpir en su vida, sin permiso, sin ser invitada, con cero dotes de cortesía. La joven de 23 años se sentó a su lado, en la barra de Toledo, mientras su amiga la esperaba afuera.

—Permítame acompañarlo —dijo, extendiendo la mano hacia él, que con recelo aceptó el apretón.

—Soy Suzane.

—Job.

Durante los siguientes minutos ella no paraba de hablar, le gustaba tanto ese hombre que pretendía mostrarse como una joven interesante, educada, abnegada; hasta que él pagó ambos tragos y se despidió, dejando su monólogo sin terminar, fue entonces donde la dejó sin palabras.

Al llegar a casa, Job abrió la caja cuyo contenido no solo incluía material exclusivo que no se conseguía en su país, sino su próximo encargo, esta vez el cliente, con especial detalle, había codificado su pedido a través de la combinación de álgebra modular aplicada a la criptografía en braille, el código era exclusivo para artistas de la HSA y cambiaba cada año, esta vez se descifraba así: el pedido llegaba con una lista de trescientos ejercicios matemáticos sin resolver, enumerados del 1 al 300, para saber cuáles debía desarrollar, pasó la yema de sus dedos sobre los puntos en relieve para identificar los números correspondientes a los ejercicios. El primero siempre apuntaba al número de letras a descifrar y el resultado de cada uno, a una de las 24 letras del alfabeto griego.

Seleccionó cuidadosamente los 12 ejercicios a resolver escritos en braille, cada uno le daría un número y este, la letra griega correspondiente. Así descifraría un mensaje de doce letras. Pensó que debía ser algo muy serio para enviarlo encriptado.

El producto de los ejercicios fue (12 – 01 – 13 – 15 – 18 – 07 – 20 – 12 – 01 – 13 – 01 – 18) que, en el alfabeto griego, daría lugar al acrónimo:

μ My [M] α
Alpha [A] ν
Ny [N] o
Ómicron [O] Σ
Sigma [S] η ēta
[H] υ Ýpsilon
[U]
μ My   [M]
α Alpha   [A]
ν Ny   [N]
α Alpha   [A]
Σ Sigma   [S]

Una corriente helada recorrió en escasos segundos la humanidad de Job, varias gotas de sudor impregnaron el acrónimo, tal vez era un error, no podía creer que fuese cierto. Con la vista nublada decidió rectificar cada una de las ecuaciones, sin embargo, el resultado fue el mismo.

Sabía que de la firma HSA podía provenir cualquier cosa, fue uno de los compromisos al ser aceptado como artista taxidermista. Buscó dentro de la caja un segundo sobre; contenía el número del intermediario y la suma que el cliente estaba dispuesto a pagar, trescientos mil dólares. Sintió que se atoraba con su propia lengua, corrió a la cocina y bebió agua del grifo sin parar, dejó que el líquido le mojara toda la cabeza, trataba de recomponerse, aunque su corazón estuviera a punto de saltar a un sartén para ser freído.

No dejaba de pensar en el dinero, ni siquiera en la imperdonable falta a otra persona si aceptaba cumplir el caprichoso y aberrante pedido; era el dinero que aplastaba la moral y la razón, en un leve susurro de pagar por apagar una vida. Tomó el teléfono y marcó, del otro lado de la línea una voz femenina le solicitó elegir entre dos opciones.

—Sí, lo haré.

Los días transcurrieron con la ansiedad latente en Job. Debía esperar la entrega del 50% del pago inicial y en efectivo. A través de una encomienda recibió la escultura de un Velociraptor, una réplica más pequeña de cinco piezas armables, el cráneo bajo y alargado, el particular hocico chato dirigido hacia arriba, las patas traseras de gran longitud, el tronco y la cola. Una escultura auténtica firmada por Pool.Xataka, uno de los artistas más reconocidos en las galerías de arte francés. Era una lástima tener que destruirla para sacar del interior el efectivo.

Era la primera vez que sostenía tantos fajos de billetes, los fue extrayendo uno a uno, camuflados de una forma perfecta dentro de pequeñas piezas de aluminio, Job empezó a sentirse mareado por la adrenalina convertida en euforia, un paquete tras otro y otro más que iba amontonando en el centro del salón principal, con los millones en sus manos pensó que era hora de iniciar la búsqueda.

—Lo noto distraído doctor, ¿está usted bien?

Su asistente lo tomó por sorpresa, pues no había dormido casi nada. Salió de su letargo haciéndole señas de todo en orden, mientras ella dejaba los documentos de informe diario sobre el escritorio. Job empezó a revisarlos, pero hubo un golpe seco en el cristal.

Era Gabi.

—¿Nos vemos en Toledo?

Atraído por los anillos de Gabi y sin dudarlo, asintió. Observar las manos de la gente se estaba convirtiendo en su obsesión.

A las 5:15 como era su costumbre, llegó al bar, y ordenó dos cocteles y una soda. Job llevó las bebidas hasta la mesa más apartada del bar, las chicas reían ante la negativa de él de beber alcohol, argumentando tener un compromiso más tarde. En un instante de la conversación, Gabi salió a fumar con la intención de darle un espacio a solas a su amiga.

—No eres muy conversador.

—Soy más de hacer, no de decir.

Suzane sintió su respuesta entre las piernas, como una invitación de esas que había omitido por tanto tiempo, con él sí, con él todo, pensó.

Los cocteles surtían efecto, como todo un caballero se ofreció a acompañarlas a casa, primero a Gabi y después a Suzane.

Días después, Job solicitó sus vacaciones a la universidad, como acto seguido, la instrucción de la HSA era sustituirlo por un agente especial que, bajo su identidad, tomaría unas vacaciones en Suiza, solo debía entregar el teléfono y una muestra de sus huellas en el lugar que le indicaron, a partir de la fecha debía permanecer en su casa sin ser detectado por sus vecinos, lo cual era sencillo. El mismo día que estaba programado el viaje, Job seguía cuidadosamente a Suzane, al tiempo que el agente tomaba un avión rumbo a Berna.

*

Sobre la fría mesa de centro, Suzane yacía atada, desnuda e inconsciente; debía mantenerla con vida e inconsciente, eso le permitiría la extracción de la piel con mayor precisión, además la conservación estaría asegurada. Le suministró la cantidad exacta de cianuro de potasio para inducirle la pérdida momentánea de la movilidad y de la sensibilidad del cuerpo, similar a la catalepsia.

El Despellejadero era tan frío que producía en Suzane pequeños reflejos involuntarios de su cuerpo, un riesgo para la delicada operación de piel. Job la acostó boca abajo, la cubrió con una manta y le vendó los ojos, atada al armazón le juntó las manos por encima de la cabeza, de forma que sobresalían del límite de la camilla y en una posición perfecta, colocó el balde debajo, en el suelo. Monitoreaba los signos vitales de Suzane, no quería causarle dolor, ni siquiera la muerte, esa intención no era lógica con el cuidado y la integridad de la firma, fallarles significaba estar muerto.

Introdujo las manos en un recipiente de espumas de Smooth On para obtener el molde, el cual pasaría después al horno del taller principal. El primer corte fue limpio, justo en el dorso la mano izquierda, la piel era hermosa, delgada y muy móvil. Poco a poco fue desprendiendo el tejido areolar, desde la muñeca y las articulaciones hasta encontrarse con la piel de la parte anterior, gruesa, y poco móvil. Como todo un experto, fue soltando una a una las extensiones de tejido fibroso denso, conservando intactos los surcos de la piel palmar a lo largo de toda la mano. Para este proceso utilizaba unos lentes de gran aumento que habían sido de su madre y le debían ampliar el panorama como lupa. Una vez que logró desprender las capas de piel desde la muñeca hasta la yema de los dedos, la introdujo en una caja de cristal con formol y algunos conservantes, germicidas y otros químicos, con la intención de preservar el color, la textura y su apariencia vívida; con rapidez trasladó la caja al sótano para evitar daños inesperados por los cambios de temperatura.

La amputación de ambas manos era imperativa para continuar el proceso. Cuidadosamente, suturó todos los vasos y venas corte tras corte, formando así dos sonrientes muñones. Acto seguido introdujo las manos en una olla con agua caliente y la dejó hervir por varias horas, los tejidos conectivos, como tendones y ligamentos comenzaron a desprenderse, el colágeno desnaturalizó la carne, lo que provocó que se comprimieran las fibras, era cuestión de un pequeño jalón con una pinza y la uña quedaría fuera desde su matriz.

La cefalea era insoportable, sentía la boca seca y tardó poco tiempo en reconocer que estaba inmovilizada; intentó liberarse sin éxito de la venda negra que cubría sus ojos, no podía hablar, llorar, ni gritar, mucho menos sentarse, solo sintió en sus muñecas una enorme pila de vendas y dolor, mucho dolor.

En el salón de molde y relleno, Job tallaba la base de cuero blando como todo un artesano, usaba el biselador de forma recta y en un ángulo vertical para dar una textura propia de sus obras, con la parte más profunda de la punta tallaba las líneas en orden simétrico tipo mandala, así la pieza disecada descansaría sobre un original diseño en cuero.

Horas más tarde en el salón #2 con ambos moldes en frío, Job cortó el prototipo por todos lados para remover el interior con mayor facilidad y revelar el vaciado. Debía reducir su tamaño e iniciar el delicado proceso de ensamblaje. Comenzó sacando la piel del remojo para rehidratarla y limpiarla, después vino el piquelado donde se determinaba el alcance del pH y, por último, el curtido y engrase, sin mencionar que debía colocar los vellos uno por uno.

No pudo aguantar más, la tibia orina se esparció por la camilla hasta caer al suelo, al menos sabía que estaba viva, escuchó el crujido de la llave en la puerta, una, dos, tres vueltas; fingió inmovilidad tratando de controlar la respiración. El eco muerto del goteo podía oírse, el terror regresó a su pecho perdiendo el control de sus exhalaciones, sabía que alguien estaba a su lado, podía sentir que la observaba, le tomó el pulso con dos de sus dedos en el cuello, fríos por los guantes impregnados de olor a formol. Suzane se armó de valor para hablar y con todas sus fuerzas dijo:

—Quiero vivir.

Job trató de revivirla a pesar del paro cardiorrespiratorio que estaba sufriendo, de nada sirvió el pinchazo de adrenalina y atropina que le suministró. *Solo quería sus manos, no su vida*, pensó y lloró, hasta que recordó el dinero y la culpa se fue. Era ineludible sonreír a pesar de enterrarla en el sótano. El mismo cuarto de refrigeración concretaba un escenario perfecto para su misión.

*

Dos meses más tarde su obra había pasado del salón número cuatro al tres, perfecta, magnífica, ostentosa de ver, deliciosa de tocar. Había inmortalizado una parte de Suzane y ahora, bajo las instrucciones precisas de empaque y despacho, las manos llegaron a su dueño en Irlanda.

La búsqueda de la universitaria seguía su curso, los detectives interrogaron a muchas personas, incluyendo a todos los empleados del campus, Job fue uno de los primeros en ser descartado como sospechoso a pesar de las acusaciones de Gabi, pues logró demostrar que estaba de vacaciones cuando la joven desapareció, tanto la agencia de viajes como el rastreo a su celular lo corroboraban. Con el paso de los años el caso se archivó.

En el taller principal estaba la caja recién llegada del aeropuerto, sin demoras Job la abrió, extrajo el sobre de manila y desarrolló su proceso de descodificación, este año se basaba en un catálogo de artistas internacionales cuyos números en braille apuntaban a una de las canciones y al año de lanzamiento del señalado cantante. Así formaría un mensaje de 12 caracteres con la primera letra del nombre de cada canción.

1995 [C]acophony Yellow
1979 [A]s Good as New Look
1976 [B]oogie

2002 [E]res mi luz

1980 [Z]afio

1936 [A]las y coronas

1952 [H]umans

1998 [U]mbrella sky

1999 [M]aniac gold

2000 [A]rtistic soul

1989 [N]ovios en primavera

2004 [A]tardeceres

No hubo rectificación, estaba seguro de que la solicitud era correcta. Materiales y otras instrucciones compartían el espacio dentro de la caja bajo el sello de HSA. El pago, tres veces más que el anterior y una nota final sin remitente: *nos sentimos orgullosos de tu obra, esperamos seguir contando con tus servicios.*

Sentado en el bar de Toledo, Job compartía una copa con Clarisa, una joven de intercambio que llevaba pocos meses en la ciudad, quien fascinada le había aceptado la invitación a un cóctel.

UNA MENTE MAESTRA

Cuarentena estricta, medidas de bioseguridad, toque de queda, cerco epidemiológico…

¿De qué estaban hablando? Corrí de la cocina a la sala imitando que patinaba con mis medias para ver la noticia, derramé un poco de leche en el pasillo, la que de inmediato pisé. Lo único que sabía era que se me hacía tarde para ir al colegio.

Mientras metía los marcadores, la almohadilla, el carnet, la bata, el cuaderno, las llaves del locker y el cepillo de dientes, seguía escuchando a lo lejos términos poco comunes para mí. *UCI, aislamiento preventivo, pandemia…*

En mi cabeza construía mi clase: UCI (Unidos, Competentes e Inteligentes). Reí para mí, ¿dónde estaban las fichas didácticas de hoy? Aislamiento (el que sentía al volver a casa, lejos de mis estudiantes); preventivo (debía prevenir el desconocimiento); pandemia (la ignorancia, la peor en todos los tiempos).

Me apresuré, pues era tarde, sonó el celular. Al otro lado de la línea estaba la coordinadora del colegio. No había clase y no sabíamos hasta cuándo. Me senté derrumbada en el piso, sobre otro pequeño charco de leche, ¡carajo! Empecé a sacar las cosas de la maleta, encontré una hoja de cuaderno con un mensaje: *te queremos profe*, firmaba Mike.

Comí todo lo que encontré, galletas blandas, una lata de atún, medio banano, un trozo frío de pollo. Perdí la noción del tiempo. La maestra que cada día escribía el día, mes, año, semana, número de clase, ahora no sabía ni qué día era.

Noté que el mueble me miraba extraño, tenía un raro aspecto,

"¿Qué quieres, acaso ya te cansaste de verme sobre ti siempre?"

No respondió nada. Mejor.

Intenté dormir un poco, pero parecía que en la cocina había una fiesta. Me levanté de mala gana y claro, pocillos, tapas, cucharas en pleno alboroto, ¿qué les pasaba' ¿Eran las once de la noche? Me quedé parada cruzada de brazos esperando que todos volvieran a sus lugares.

*

Habían pasado varios días y necesitaba ducharme, pero no quería entrar al baño. Ella estaba allí sin salir desde hacía días.

Desde ese día decidí no encender el televisor porque sentía que me enfermaba.

Una cuarentena para mí eran las cuarenta tareas que planeaba dejarles a mis estudiantes apenas regresáramos. Deberían tener cuidado conmigo porque me hacía tanta falta el bullicio de mis niños que los veía en cada objeto de mi casa.

Regresé a la sala. El sofá estaba más amigable, así que me senté. Los libros del segundo peldaño de la biblioteca empezaron a hacerme preguntas, *¿qué te pasa Simona, extrañas las empanadas de la tienda? ¿Tan desesperada estás que ahora hablas con libros? ¡Por Dios santo, Simona, toma un baño!*

Decidí ignorarlos, pues no estaba interesada en verle la cara a ella, la loca del baño. No había hecho más que llamarme y gritarme, aunque sabía que el libro de Bukowski tenía razón; él me decía que ya no soportaba mi olor.

Caminé con lentitud hacia el baño y la escuché sollozar. Sentí un temor extremo de abrir la puerta, ¿qué tal que ella me atacara? ¿me gritaría o golpearía?

Regresé a la cocina y busqué el rodillo. Era mejor estar prevenida.

Empecé a girar con cuidado la manija. No escuchaba nada.

"Espero que se haya tirado por la ventana, aunque como está de gorda no es posible que quepa por ahí," pensé, mientras apretaba con más fuerza el rodillo. Estaba dispuesta a todo.

Empecé a abrir la puerta mirando con recelo por la pequeña ranura, pero no la vi.

Decidí abrir la puerta lo suficiente para entrar. Me detuve justo antes de encontrarme con sus ojos, no pude evitar su penetrante mirada, sus ojos desorbitados como si no hubiese dormido en días, su cabello estaba enmarañado, sus ropas rasgadas, estaba descalza y sus pies sucios.

—*¡Sácame de aquí!*—gritó con dolor impreso en la voz.

No tuve el valor de golpearla después de verla en ese estado. Me apresuré a cerrar la puerta, pero alcanzó a empujarla, solté el rodillo y empujé con todas mis fuerzas, las medias me hacían resbalar y poco a poco me fue ganando.

"¡Se va a salir!" pensé, "no puedo permitirlo".

Empujé con más fuerza con todo mi cuerpo. Sus dedos alcanzaron a asomarse por el borde, estaba a punto de cerrar, pero pensé que le causaría mucho dolor.

Sostuve la puerta con mi espalda y me deslicé con cuidado hacia el suelo para alcanzar el rodillo, lo logré y me levanté sin dejar de empujar, le golpeé los dedos, el alarido fue aterrador, pero finalmente quitó la mano y pude cerrar.

Le puse seguro de inmediato y noté el temblor en mis manos, sudaba, me dolían y ella, al otro lado de la puerta, lloraba de dolor. La mesita que sostenía un jarrón de colores, justo afuera del baño comenzó a hablarme.

—Tal vez debas dejarla salir, y por favor Simona, haz algo con tu higiene.

Me quedé observándola mientras mi corazón se recuperaba, noté que las flores no estaban.

"¿Dónde están las flores?" Le pregunté a la mesa.

—Mi querida Simona, las azules se fueron a la casa de Alejandro, las rojas están donde Ronald, las blancas con los Buitrago y las verdes huyeron al apartamento de Valentina.

Ahora tenía claro que las flores preferían huir de mí. Escuché sus sollozos de nuevo. ¡Ya no quería escucharla! Encendí la grabadora y subí el volumen, el periodista de la cadena radial hablaba de cifras de contagiados y de muertos.

Salir a la calle era lo mismo que morir, ¿un suicidio? Ahora que debía ir por pan, huevos y leche era una sentencia. Revisé mi saldo, no tenía dinero, solo 480 pesos. Necesitaba comer y bañarme. Gruñí porque ella estaba allá y hacía todo más difícil. ¿Por qué todo tenía que ser tan difícil?

Me decidí a salir, definitivamente. Subí al lavadero desnuda a recoger agua del grifo en una olla, y me la aventé encima.

Groserías y más groserías salieron de mi boca. Estaba helada. Otra ollada más. ¡Caramba! ¡Cuánto me había crecido el vello en las axilas! ¡No aguantaba más el frío!

Puse el pie derecho sobre el suelo y, por supuesto, me deslicé para caer sentada. Me mordí la lengua del dolor. Le eché toda la culpa a ella. Si tan sólo ella no hubiese invadido mi casa, mi baño, si tan solo desapareciera esto no me habría ocurrido. Lloré, lloré sentada y mojada; adolorida y herida; con frío y sin flores.

Me puse de pie con la poca valentía que me quedaba. La escoba, el trapero y el recogedor parecían burlarse de mí: trío de flacuchentos indolentes, casi acabé con mi coxis y ellos no tenían otra cosa que hacer que reírse. Me envolví en la toalla, bajo mis peludas axilas y fui directo al estudio donde me esperaba la caja de herramientas.

Tomé el serrucho y fui directo al pequeño patio.

"¿Dónde están? Les voy a fragmentar su flacucho cuerpo y veremos quién se reirá ahora."

—Se fueron, salieron corriendo justo después de ti.

Busqué con la mirada a la dueña de esa voz. Era la vieja canasta de ropa.

—Por favor, tienes la boca demasiado grande, deberías cuidar lo que dices —le respondí, a viva voz.

Abrí las puertas de mi clóset y noté que faltaba más de la mitad de la ropa, además de todos mis zapatos. Imaginé que se habrán ido como cobardes, igual que ese trío de anoréxicos, las flores y quién sabe qué más. Tomé un pantalón de pijama azul de huellitas y una camiseta del Rey León, me hacían sentir valiente; al salir a la sala los muebles no estaban, tampoco el jarrón azul que me había regalado mi madre hacía unos años ni las cortinas.

Me di vuelta rápidamente hacia la puerta de salida y vi como todos los objetos de mi cocina iban saliendo uno detrás de otro, el plato azul de flores amarillas me decía algo, pero no lo escuchaba por el alto volumen del radio que ahora excretaba sonidos, me apresuré a apagar ese espantoso ruido.

—¡Gracias, ya no soportaba ese conejo malo! —gritó el iPad desde la repisa de madera con su protector azul, ese vestido de princesita delicada que no le permitiría un rasguño. Podría venderlo y comprar leche.

—¿Para dónde creen que van? —grité con voz eufórica a la vajilla que ahora salía. Uno de los platos más pequeños me miró y me dijo:

—Mamá dice que tienes a una mujer encerrada que llora mucho, no quiere que yo me quiebre de oírla gritar ni mucho menos que me totee, así que nos vamos.

—¡AAAARGH! ¡Váyanse no los necesito!

—Si no la enfrentas te quedarás completamente sola —me decía el iPad. Otro flacucho.

Por primera vez pensé que esa cosa tenía razón. La cama no había dejado de quejarse por ser la única que no cabía por la puerta; quería que la desarmara, pues no quería estar aquí. Había vivido sola por mucho tiempo, pues mi trabajo me hacía olvidar la inmensa nada que me rodeaba, la inmensa nadie, eso sonaba mejor.

Bueno, pues tendría que desarmarla, y evitar que mis libros siguieran arrancándose las hojas. Tenía miedo, me sentía aterrada, no quería enfrentarla, sin embargo, mirar alrededor y ver a todas mis cosas huir de mí, a mi hermosa colección de libros lanzar sus hojas por la ventana, años de historia y exquisita lírica explayada sobre la acera, inerte e indefensa ante la incesante lluvia, pisoteada por transeúntes suicidas en la calle que no alcanzaban a dimensionar ni siquiera un poco la masacre literaria frente a mis ojos.

Mis libros eran los únicos que seguían conmigo. Aunque estaban heridos, ninguno me había abandonado, ¿por qué?

—¿Cómo llegaremos a las mentes juveniles si no es a través de ti? ¿Acaso piensas renunciar a nosotros para enseñar basura? —Dijo el libro de arena, con ese tono deliberado y furibundo de su ciego autor.

De repente, inmensas paredes blancas se levantaron a mi alrededor. Ya no había nada en los rincones, ya no había dónde esconderme, ahora solo estábamos mis libros y yo. La cama sólo seguía allí porque no podía irse sin mi ayuda.

—Muy bien —me dije—, es hora de demostrarme lo valiente que puedo ser.

Caminé despacio hacia el baño, pegué mi oreja a la puerta, pero no escuché nada. Me arrodillé y puse mi cara en el piso, sentí una corriente fría salir por debajo de la puerta, y la vi.

Estaba sentada con la cabeza entre las rodillas y sus brazos abrazando las piernas. Por primera vez pude ver lo delgada que estaba. Parecía tranquila o tal vez dormida. Me puse de pie con rapidez y sentí un dolor agudo en la espalda, donde mi piel había cambiado a un color morado casi negro desde que mi caída de hace rato.

La manija estaba helada, giré la llave con cuidado procurando no hacer ningún ruido, miré a la derecha, ahora todos los libros tenían los ojos puestos en mí a tal punto que cesaron sus autolesiones. La puerta se entreabrió, pude sentirla de pie y frente a mí a través de la madera, apoyé la frente en la superficie y creo que ella también lo hizo.

—Entra —dijo susurrando.

Suspiré. Sabía que no tenía otra opción.

—No vas a golpearme de nuevo, ¿verdad?

—No —respondí sintiendo que mi corazón estallaría.

Me armé de valor y abrí la puerta completamente, me encontré con sus ojos, esa mirada era tan similar a una pintura renacentista con una combinación entre el más fino trazo que representaba vida y asimismo no era más que la muerte misma.

La tomé de las manos. Tenía heridas en los dedos, no dudé que yo las había ocasionado. Noté cuán cruel y salvaje había sido. El baño revelaba una atmósfera densa y maloliente, el azulejo contrastaba con la palidez de su rostro, de sus labios resecos no salía ningún sonido; no se quejaba, no lloraba.

Era evidente que debíamos hablar, pero ella estaba ajena a mí, ajena a todo.

¿Cuánto tiempo había pasado encerrada? ¿Por cuánto tiempo le había negado la comida, la higiene? Su cabello estaba tan enmarañado y sucio como el mío, y llevaba puesta una camiseta del Rey León y un pantalón de pijama. ¿Qué debía hacer?

—No puedes entablar una conversación con el único ser humano que hay en esta casa.

Solo me limité a escucharla, miré al suelo y ella continuó.

—No puedes seguir evitándome al tiempo que te abandonan todas las cosas.

Me apretó las manos y sentí un dolor desgarrador en mis dedos, creí que tendría que recogerlos del tapete. Pequeñas y saladas gotas de agua empezaron a caer de mis ojos.

¡Ya no soportaba más! ¡quería que esto terminara! ¡no quería saber nada del mundo exterior ni de mi interior! Así que le grité:

—¿ENTONCES QUÉ HAGO?

Sus ojos cobraron vida, estaban lúcidos y brillantes, levantó el mentón en señal de triunfo, me puso en las manos el rodillo con el que yo la había golpeado y sonriendo me dijo:

—Hazlo.

Era hora de poner todo en orden. Cerré los ojos y tomé con ambas manos el cilindro de madera, el golpe debía ser seco, fuerte y certero; tomé aire por unos 10 segundos y me aventé sobre ella con toda la fuerza de mi lánguido cuerpo, la madera dio justo en el blanco y dejó salir toda la furia que había almacenado por años. Mi alarido me dejó sin aire, solté el bolillo y me tomé un instante para calmarme antes de abrir los ojos.

Se había ido, ya no me atormentaría nunca más. Reí como una desquiciada evitando que los fragmentos del espejo me cortaran los pies. ¿Qué importaba si bailaba sobre ella? Hoy era un día para celebrar. Percibí un bullicio, aplausos emitidos por hojas de papel, ja, ja, ja, mis leales libros me dedicaban una ovación, he logrado vencerme a mí misma.

Marisol Salazar Valencia, hija de

Mariela Valencia Aguirre, nació en la ciudad de Santiago de Cali, Colombia, el 3 de enero de 1984 donde ha vivido la mayor parte de su vida. Maéstra de Lengua Castellana y Literatura, editora, correctora de estilo, amante de las letras, el arte, la música y el teatro. Numismática aficionada, revisora literaria de artículos de investigación y coautora de múltiples proyectos de escritura en el ámbito pedagógico, incluyendo la Universidad de Palmira.